L’Affaire Mayerling

Du même auteur

L'Angoisse de la première phrase, nouvelles, Phébus, 2005 ; Points, 2011.

Contes carnivores, nouvelles, éditions du Seuil, 2008 ; Points, 2010.

Les Assoiffées, roman, éditions du Seuil, 2010 ; Points, 2012.

Une collection très particulière, nouvelles, éditions du Seuil, 2012 ; Points, 2013.

Monsieur Spleen (notes sur Henri de Régnier), éditions du Seuil, 2013.

Le Village évanoui, roman, Flammarion, 2014 ; J'ai Lu, 2015.

Histoires assassines, nouvelles, Rivages, 2015 ; Rivages Poche, 2018.

L'Affaire Mayerling, roman, Rivages, 2018 ; Rivages Poche, 2019.

Vies conjugales, nouvelles, Rivages, 2019.

Bernard Quiriny

L'Affaire Mayerling

Rivages

Retrouvez l'ensemble des parutions
des Éditions Payot & Rivages sur

payot-rivages.fr

Liste des résidents

Rez-de-chaussée

Mme Meunier et son fils (T3)

M. Griet (T2)

Les Louvois (T4)

1er étage

Les Lefebvre (T3)

Les Compère (T4)

M. Duharmont (T2)

M. Camuzet (T3)

2e étage

Les Lequennec (T4)

Les Boisselier (T4)

M. Cormenin (T3)

Les Lemoine (T3)

M. Leprince (T2)

3e étage

M. Paul (T3)

M. Durandat (T4)

Mme Camy (T3)

Les Thuillier (T4)

4e étage

Les Dubois (T4)

Les Chopard (T3)

Les Brides (T5)

Mme Ximenez (T2)

Les étudiants du quatrième (T3)

5e étage

Les Flandrin (T5)

Les Chautemps (T4)

Les Bouche (T5)

Les Bergerat (T5)

PREMIÈRE PARTIE

J'aime bien les publicités pour les programmes immobiliers. Je ne manque jamais de les admirer à la devanture des agences. Cette manie surprend mes compagnons de promenade, qui ne voient pas comme moi l'intérêt de tels dessins.

Une fois, déambulant avec Braque dans les rues de N***, je tombe en contemplation devant trois belles affiches pour des immeubles en construction. Braque aussitôt s'impatiente.

– Des publicités, marmonne-t-il. Toutes pareilles.

– Justement, dis-je, c'est ce qui est amusant. Les annonces pour les programmes immobiliers sont un genre en soi, codifié subtilement.

Il hausse les épaules. J'insiste.

– Regardez. Déjà, le ciel est toujours bleu.

Il s'esclaffe.

– Ils ne vont pas dessiner l'immeuble dans le brouillard. On n'y verrait rien.

– Bien sûr. Mais surtout, le beau temps permet de

montrer les habitants dehors, de donner de la vie au dessin. Il y a *toujours* des habitants.

Intrigué, Braque regarde plus attentivement.

– Il me semble tout de même avoir vu une affiche du même acabit, proteste-t-il, mais nocturne…

– Pour un immeuble dépourvu de balcons. Dans ce cas, mieux vaut montrer l'immeuble la nuit, tout illuminé de l'intérieur, tel un navire qui s'avance au port, plutôt qu'en plein jour sous un beau soleil, quand l'impossibilité de déjeuner sur son balcon se fait douloureusement sentir. Maintenant, observez les personnages.

Braque passe les affiches en revue.

– Je ne vois rien de spécial.

– Vraiment ?

– Ah, si. Aucun ne porte de chapeau.

Il relève la tête, content de sa blague. (Braque est l'un des derniers hommes à ma connaissance à ne jamais sortir sans couvre-chef, comme s'il avait été éduqué en 1900 – du reste, je me demande si ce n'est pas le cas.)

– Très amusant, mais il y a plus.

– Dites.

– Eh bien, les personnages sont toujours les mêmes. Les dessinateurs les reprennent chaque fois. Il m'arrive de songer que ces personnages existent pour de vrai, qu'ils passent d'affiche en affiche à travers la France, comme des acteurs secondaires enchaînent les films en jouant toujours les mêmes rôles.

L'idée plaît à Braque.

– Voyez, dis-je. Ici, une jeune mère pousse un landau. Elle a trente ans et de beaux cheveux blonds.

– Sur cette autre affiche, confirme Braque, son mari l'accompagne. Même âge. Polo, pantalon bleu.

– Le cœur de cible. Un jeune couple aisé, optimiste, qui se projette dans l'avenir.

– À quoi voyez-vous qu'il se projette dans l'avenir ?

– Au landau.

Braque fait la moue, façon d'admettre que ma lecture n'est pas sotte.

– Non loin de ces petits jeunes, une grand-mère – jupe, cheveux blancs. Capitale, la grand-mère. Les vieillards rassurent. Ils ont de l'argent. Ils sont calmes et bien élevés. Ils écoutent de la musique classique en sourdine. Ils se couchent tôt.

– Je connais des vieillards qui ne sont pas calmes, fait observer Braque.

– Votre mère n'est pas représentative. Pour la plupart des gens, avoir un vieillard pour voisin est rassurant. Le vieillard paye ses charges de copropriété rubis sur l'ongle, et on n'a pas à craindre qu'il fasse des graffitis sur les boîtes aux lettres.

Braque sourit.

– Ensuite, dis-je, les fleurs.

– Quelles fleurs ?

– Sur ces affiches, il y a toujours quelqu'un qui s'occupe de ses fleurs sur son balcon. Nature, chlorophylle, ce type de choses. Pour donner l'impression qu'on peut jouir dans ce mammouth en béton, planté dans une ville polluée, de la qualité de l'air et du silence d'un jardin de campagne.

– Vous exagérez.

– Non. Les touches de verdure comptent infiniment dans ces publicités. Elles déclenchent chez les acheteurs des réflexes inconscients.

– Vous devriez ouvrir un cabinet d'analyse.

– J'y songe.

Nous considérons longuement les trois affiches. Braque est à présent concentré, comme devant des toiles de maître ; j'ai piqué sa curiosité. C'est d'ailleurs lui qui continue notre exercice.

– Il n'y a pas de Noirs, dit-il.

– Pardon ?

– Aucun Noir. Les personnages.

– Exact.

– Notre époque promeut la diversité, mais quand il s'agit d'acheter un appartement à trois cent mille euros, tout à coup, on aime mieux être entre soi.

Braque hausse les épaules, ricane, puis enchaîne.

– Je vois aussi des personnages devant la porte d'entrée, qui discutent. Voyez : il y a de ces conciliabules sur les trois affiches.

– Votre interprétation ?

Il se pince le haut du nez.

– Eh bien, je suppose que c'est pour évoquer le bon voisinage. On se dit bonjour, on prend des nouvelles du petit, on parle du temps qu'il fait.

– Poursuivez.

– On se plaint d'une ampoule grillée au sous-sol. On se félicite pour les beaux géraniums au balcon.

Braque se tait un instant.

– C'est étrange. Ils donnent l'impression d'être là depuis toujours. Assignés à cette place pour l'éternité. C'est tellement irréaliste ! Nulle part, jamais, je n'ai vu des gens stationner ainsi devant leur porte, à causer. Le pas de la porte d'un immeuble n'est pas un salon de thé. Dans la vraie vie, les voisins de palier se croisent et se saluent à peine.

– C'est vrai.

– De plus, ajoute Braque en examinant la troisième affiche, un autre voisin est occupé à lire un journal sur sa terrasse du premier étage, juste au-dessus de l'entrée. Il entend donc tout ce que racontent les bavards en dessous de lui. À sa place, je ne supporterais pas d'être ainsi dérangé.

Nous reprenons notre chemin. À présent, quand nous passons près d'une agence immobilière, Braque insensiblement dévie de sa trajectoire pour s'approcher de la vitrine, à la recherche d'autres dessins similaires.

Cour, clos, villa

J'attire son attention sur un aspect intéressant de ces publicités : les noms des immeubles en projet, toujours chic et ronflants. *Jardins* de ceci. *Terrasses* de cela. *Cour, clos, villa*. Souvent, on dirait des noms de voiture : Anthinéa, Exclusive, Sérénissime. La plupart sont ridicules. Ce jour-là, nous tombons sur un « Cœur boisé ». Véridique.

– J'aurais l'impression d'habiter dans un soutien-gorge, dit Braque.

Gaiement, nous lançons un concours de noms d'immeubles, en utilisant les noms des rues où nous marchons. C'est un jeu très amusant, qui égaye une promenade en ville : mettez-vous dans la peau d'un promoteur et dites comment vous baptiseriez une nouvelle résidence construite ici. Exemples.

L'Intimité du jour (rue du Jour).
Terrasses de la Garenne (rue de la Garenne).
(Braque propose : Les Terriers de la Garenne).
Le Condorcet (rue Condorcet).
Le Clos Renan (rue Ernest-Renan).
L'Îlot Culebert (avenue Culebert).
Les Sept Collines (rue de Rome).

Braque hasarde des termes plus cossus, palais, palace, manoir, mais c'est trop tape-à-l'œil. Le nom doit être chic, mais de bon goût ; faire riche, mais discret.

Par plaisanterie, il imagine des anti-noms, à l'intention d'un promoteur soucieux d'échouer :

Ruine Charlemagne (rue Charlemagne).
Bicoque Langevin (allée Paul-Langevin).
Galetas Crépon (rue Michel-Crépon).
Bouge Brassens (rue Georges-Brassens).
Le Tchernobyl (rue Pierre-et-Marie-Curie).

Depuis cette journée, Braque s'intéresse comme moi à l'immobilier. Même, cela le passionne. Devenu collectionneur, il se fait envoyer affiches et brochures par les promoteurs, et entre même dans les agences pour en réclamer. (Il faut voir la tête des employés quand il explique qu'il n'a nullement l'intention d'acheter, que seul le document l'intéresse.) Il les classe, leur attribue des notes, établit des comparatifs ; souvent, il m'invite pour me faire admirer ses dernières trouvailles, et pour élire avec moi la meilleure publicité.

Cette manie reste un secret entre nous, nous n'en parlons à personne. Peur du ridicule. (C'est probablement ce que vous pensez.)

La collection de Braque compte aujourd'hui des centaines de dépliants pour des programmes immobiliers, une vraie mine d'or. Des récentes, bien sûr, mais aussi de plus anciennes ; on peut ainsi apprécier l'évolution des techniques publicitaires, ainsi que les modes de l'architecture. Il y aurait de quoi écrire un article, ou une thèse.

Bizarrement, j'ai beau fouiller dans ce stock immense, je n'ai jamais trouvé de brochure ou d'affiche pour le Mayerling, la résidence dont il sera question dans ce livre, située à Rouvières, ville française d'environ 250 000 habitants (350 000 avec l'agglomération), rue Mayerling.

La rue Mayerling à Rouvières part du centre – l'hyper-centre, comme disent les professionnels – et va jusqu'au sommet d'une colline appelée Montcharles, tout près du campus universitaire. Cette rue est l'une des plus longues de Rouvières – 2 kilomètres. En bas, elle débouche dans la rue Mathurin ; il faut dix minutes environ depuis le carrefour Mayerling-Mathurin pour rejoindre à pied la place de la République, centre historique de la cité.

Un peu plus haut, la rue Mayerling coupe aussi le boulevard Voltaire, une grosse artère à quatre voies flanquée de contre-allées où le stationnement, gratuit, est prisé des automobilistes.

C'est là, au croisement Mayerling-Voltaire, tout près d'une place nommée « place du 12-Novembre », que se déroulera notre histoire.

Jusqu'aux années cinquante, ce quartier fut laborieux et populaire. On trouvait encore à cette époque des industries au cœur des villes ; le boulevard Voltaire était rempli d'usines et d'ateliers. Il en reste un vestige : les bâtiments à l'abandon de l'usine de matériaux électriques Cablex, aujourd'hui fermée, qui employa jusqu'aux années soixante-dix plusieurs centaines d'ouvriers. On trouve facilement chez les brocanteurs des cartes postales et des photographies en noir et blanc montrant, vers 1900 ou 1910, des ouvriers moustachus et des ouvrières en jupes quittant l'usine, qui fixent l'objectif en souriant bêtement. À présent, les bâtiments de Cablex et le terrain attenant sont à vendre. La mairie parle de les racheter pour édifier un centre culturel, ou un complexe sportif, mais le projet est au point mort, faute d'argent. En attendant, un gardien veille sur les locaux vides ; on distingue sa silhouette derrière le verre teinté de sa guérite, à l'entrée, et l'on se demande à quoi le pauvre homme occupe son temps.

De l'autre côté du boulevard Voltaire s'élevaient jadis des maisons d'ouvriers, basses et bancales, ainsi que des commerces qui ont fermé au fil des ans. À partir des années quatre-vingt, ces maisons furent rachetées une par une par des promoteurs. Tout fut démoli pour construire des barres d'immeubles modernes, de gamme moyenne, habités aujourd'hui par de jeunes couples et des étudiants.

Le quartier Voltaire a perdu toute sa verdure, les jardinets des maisonnettes ayant été remplacés par les parkings des nouveaux immeubles.

Le lycée

Un mot encore pour signaler la présence sur le boulevard d'un lycée, le lycée Hippolyte-Ledoux, du nom de l'hydraulicien qui, au XIXe siècle, supervisa la construction du viaduc qui de nos jours encore amène l'eau du centre-ville. On se serait attendu à ce que ce lycée s'appelât Voltaire mais, s'agissant d'un établissement technique, on avait trouvé judicieux d'honorer cette gloire locale. Beaucoup de Rouviérois par confusion parlent malgré tout du « lycée Voltaire », ce qui est ennuyeux car un autre lycée porte ce nom ; il faut donc distinguer entre le lycée Ledoux du boulevard Voltaire et le lycée Voltaire tout court. Ce dernier étant un centre d'examen lors du baccalauréat, des candidats étourdis font chaque année l'erreur et débarquent à huit heures moins cinq boulevard Voltaire pour découvrir, horrifiés, qu'on les attend en fait à l'autre bout de la ville pour une épreuve qui est sur le point de commencer.

Les lycéens de Ledoux joueront un petit rôle dans notre récit, autant donc savoir qu'ils sont là.

La maison Lemarquis

J'en viens à l'endroit qui nous intéressera particulièrement, au croisement de la rue Mayerling et du boulevard.

Il s'agit d'un terrain de 1 800 mètres carrés, planté d'arbres – un vrai parc, en pleine ville –, ceint d'un beau mur en pierres, sur lequel s'élevait une belle demeure que les voisins nommaient « le petit manoir ». Elle avait été construite sous le Second Empire – en 1862, selon *Le Grand Livre de Rouvières* de Bochot[1] – par un certain Lemarquis, qui malgré son nom n'était

1. L'ouvrage de référence, par Jacques Bochot, ancien député.

pas noble. En 1870, la maison fut rachetée par un M. Kruger, qui ajouta un bow-window dans le salon, créa une dépendance pour ses chevaux et rehaussa l'étage afin de créer deux chambres. Il creusa même une mare au fond du parc, pour élever des canards !

Le petit manoir fut racheté en 1905 par la ville, qui en fit une maison d'aliénés dirigée par un médecin renommé, le Dr Purons, lequel a donné son nom à une rue non loin de là.

Certains résidents du futur immeuble Mayerling, quand ils connurent l'existence passée de cet asile, estimèrent que cela pouvait expliquer bien des choses, et que les malades avaient pollué psychiatriquement les lieux, inoculant leur folie au décor.

Les années trente

L'asile fut fermé en 1930 ; on ignore ce qu'il advint du manoir pendant les dix années suivantes. Il fut ensuite réquisitionné sous l'Occupation par les Allemands, pour loger des officiers. On a là-dessus des informations dans *Rouvières sous l'Occupation*, de M. Mâchefer. Selon lui, l'endroit aurait surtout servi de lupanar, fréquenté par les prostituées rouviéroises ainsi que par des dames de la bonne société venues s'encanailler avec les nazis. M. Mâchefer suggère aussi que les caves du manoir auraient servi de salle d'interrogatoire, voire de torture.

L'ÉPOQUE RAMUT

Le manoir fut racheté en 1951 par M. Ramut, un riche industriel parisien. Ses filles Marjolaine et Corinne y passèrent de nombreux week-ends avec leurs amis et organisèrent des fêtes sensationnelles. Marjolaine, la plus délurée, tomba d'ailleurs enceinte à la suite d'une soirée, situation incommode à l'époque pour une fille de dix-huit ans. Mme Ramut mère la fit avorter en secret. Très affectée par cette affaire, Marjolaine prit le manoir en horreur et refusa d'y remettre les pieds. Sa sœur l'imita et, comme les parents Ramut eux-mêmes n'y venaient plus guère, le manoir connut une période d'abandon et tomba plus ou moins en ruine, jusqu'à la mort de Charles Ramut en 1986. Sa veuve fit faire alors les travaux de remise en état nécessaires, et s'y installa. On pourrait même dire qu'elle s'y enferma, car elle ne sortit quasi plus. Ermite, elle ne recevait personne, sauf parfois ses filles – surtout Corinne, Marjolaine restant hostile à ce lieu qui lui rappelait la tache sur sa vie de jeune fille.

Les voisins disaient de Mme Ramut qu'elle se laissait mourir derrière ses hauts murs. Mais elle ne mourait pas ; et le manoir de la rue Mayerling, avec son parc, faisait comme un îlot de verdure préservé dans la ville où tout changeait.

Vue aérienne

On avait en effet depuis quinze ou vingt ans l'impression, en la regardant depuis le ciel, qu'une lave grise – le béton – la dévorait, engloutissant tout sauf ce petit bastion, ce point de résistance incomestible, la maison Lemarquis et son parc. La lave l'entourait, la cernait, comme pour l'avoir à l'usure, ou à l'intimidation. Les bicoques de l'autre côté du boulevard étaient démolies l'une après l'autre. Les immeubles flambant neufs sortaient de terre. Deux, trois, quatre, dix résidences apparaissaient dans les rues voisines. Des *résidences de standing*, avec *prestations haut de gamme*. Ne restait en somme pour que la conquête soit complète qu'à manger le manoir, anomalie, frein à la roue du progrès.

Remarques sur les slogans

Braque, examinant avec moi sa collection de brochures promotionnelles, attire mon attention sur les slogans.

Une adresse à vivre.
L'exception, votre nouvelle adresse.
Une résidence à votre image.
Le luxe, tout simplement.

– Le luxe, tout simplement ! Un peu prétentieux, non ?

– C'est vrai, s'esclaffe Braque. Du reste, ce slogan pourrait s'appliquer à n'importe quoi. Du champagne. Du cognac.

(Ses exemples trahissent ses centres d'intérêt.)

– Des voitures, dis-je. Des articles de maroquinerie. Des étuis à lunette.

Braque me lit quelques argumentaires de vente. De la poésie pure.

« *Cette résidence mise sur le bien-être grâce à son orientation, ses volumes, ses terrasses, balcons et jardins privatifs. Côté cour ou côté jardin, cet élégant programme privilégie la qualité de vie avec des logements spacieux, lumineux, confortables, aux prestations soignées. D'une grande modernité, agréables à vivre, affichant des performances énergétiques remarquables, ces 18 appartements se destinent à une clientèle exigeante, qui souhaite concilier sur le long terme sérénité, sécurité et vie citadine.* »

Braque a étudié le lexique de ces argumentaires. (Sa passion lui tourne la tête, je regrette un peu de la lui avoir inoculée. À moins qu'il n'ait rien d'autre à faire.)

– J'imagine, fis-je, que les mots récurrents sont luxe, qualité, verdure, luminosité, orientation, architecture. Euh…

– Espace, enchaîne Braque. Confort. Volumes, au pluriel. Exclusivité, privilège et leurs dérivés. *Standing*.

– *Standing* !

– Mais au fait, on dit toujours « une résidence de standing ». Qu'est-ce que le standing ?

– *Le standingue* !

Braque prononce à la française – vieille blague à la Boris Vian, qui le fait toujours rire.

Il prend un air professoral.

– Ouvrons le dictionnaire. « *Standing*, nom masculin, mot anglais. 1° Position sociale, niveau de vie d'une personne. Avoir un haut standing. 2° Niveau de confort d'un immeuble. Appartement de grand standing. » À ma connaissance, il n'existe pas de critère « officiel » du standing des immeubles. N'importe quel bouge peut s'afficher comme une résidence de standing. Du reste, c'est ce qui se passe.

– Les promoteurs ne devraient-ils pas abandonner ce mot galvaudé pour un autre ?

– Certains le font. Pour suggérer l'idée du luxe, ils ne disent plus « résidence de standing » mais « résidence d'exception », ou « résidence de prestige ».

– Le problème reste entier. De même que tout est aujourd'hui de standing, tout sera demain d'exception. Il faudra inventer autre chose.

L'amoureux du vocabulaire qui sommeille en Braque se manifeste :

– Ce n'est pas mal, ça stimule l'imagination des rédacteurs, et ça donne leur chance à d'autres mots du dictionnaire – qui, cette fois, ne seront pas importés de l'anglais. Surtout qu'à strictement parler, une *résidence de standing* devrait être une résidence où l'on n'a pas le droit de s'asseoir.

– ?

L'humour de Braque.

Mort de Mme Ramut

La vieille Mme Ramut mourut en 2011, âgée de quatre-vingt-huit ans. Que faire de la maison ? Corinne et Marjolaine se réunirent sur place pour en débattre. La première suggéra de garder la demeure en indivision, de la rénover et de l'utiliser comme résidence secondaire. Marjolaine répondit que la remettre en état serait trop cher, et que l'entretien donnerait lieu à des calculs d'apothicaire et des disputes. La maison, au lieu de souder la famille, risquait de la diviser.

Jean, le mari de Marjolaine, suggéra de transformer le manoir en hôtel de luxe. Cet investissement serait très rentable dans une ville comme Rouvières. Hélas, il fallait un énorme capital de départ pour tout refaire, creuser une piscine, installer un sauna et un tennis.

En fait, ni Marjolaine ni Corinne ne tenaient à conserver la maison. Marjolaine en particulier préférait s'en débarrasser, à cause des mauvais souvenirs qu'elle lui associait.

Au bout d'une heure de discussion, la famille tomba d'accord : on vend.

Ils vendent

Un grand terrain, en pleine ville, vaut beaucoup d'argent. Demandons une estimation à une agence immobilière, suggéra Corinne ; plutôt à un notaire, répondit Henri.

Ils convinrent de consulter plusieurs experts, pour avoir une moyenne.

– Il ne faut surtout pas brader, dit Marjolaine.

– En même temps, répondit Jean, si nous fixons un prix trop élevé, nous ne vendrons pas.

– On baissera.

– Ce sera suspect. Les acheteurs croiront à un loup.

– Tu crois ? s'inquiéta Marjolaine, soucieuse tout à coup que la maison leur reste sur les bras.

Elle n'avait pourtant rien à craindre. Tous les professionnels qu'ils consultèrent déclarèrent que le manoir et son parc valaient de l'or, un million minimum. D'ailleurs, avant même d'en avoir contacté aucun, les Ramut furent approchés par un promoteur local, la COGIREP, qui proposa d'emblée une somme à sept chiffres.

Digression sur les noms

– Je trouve une sorte de poésie industrielle dans ces noms de sociétés qu'on retrouve partout, dit Braque, toujours les mêmes. COGIREP. COGEM. COGERAD. SEGEPRO. SOGERIMMO. Je peux en citer vingt, trente, cinquante. (Il montre les boîtiers où il range sa documentation.) Personne, à ce propos, n'a aucune idée de ce que signifient ces acronymes. Les employés le savent-ils eux-mêmes ? Pas sûr. « Vous travaillez à la SOPIRIM ? – Oui. – Que veut dire ce nom ? – … » Peut-être les directeurs savent-ils ; ou les plus anciens agents, qui ont connu la réponse au début de leur carrière, suffisamment près de la création de l'entreprise pour que l'explication ne se soit pas encore perdue. Mais quand même, parfois, je me demande si ces noms ne sont pas créés au hasard par un logiciel.

– Comment cela ?

– Eh bien, comme dans *Cent mille milliards de poèmes*, mais avec des syllabes. Jetez au fond d'une boîte des papiers : PRO, IMMO, CO, SO, GE, etc. ; lancez un dé pour fixer le nombre de syllabes, puis tirez les papiers à l'aveugle. Voilà le nom de la société.

– Vous croyez que ça se passe comme ça ?

– Non, mais je n'ai pas la preuve que ça se passe autrement.

La COGIREP entre en scène

Trois entreprises se partageaient le marché rouviérois de la promotion immobilière : la COGIREP, la SOGER et Gilles Lamy résidences.

La COGIREP donnait plutôt dans le haut de gamme. Ses résidences étaient destinées à des clients fortunés, dentistes, cadres, commerçants cossus, la classe moyenne supérieure. Les immeubles COGIREP arboraient des noms ronflants, comme ceux qu'on a vus plus haut.

La SOGER visait plus large ; aussi la cohabitation était-elle facile entre les deux concurrents. Il arrivait à la SOGER de lancer un programme de luxe, ou de convoiter un emplacement typique des projets COGIREP, mais dans l'ensemble les deux sociétés s'entendaient. Leurs employés d'ailleurs passaient souvent de l'une à l'autre durant leur carrière, comme si c'était au fond la même entreprise.

Or, pour la première fois depuis longtemps, le petit manoir réveilla leur rivalité. Les deux lorgnaient depuis des années ce terrain magnifique, l'un des rares encore vierges dans ce secteur. Déjà du temps de Mme Ramut, l'une et l'autre avaient tenté de mettre la main dessus.

Rencontre avec M. D.

Jean-Michel D. a travaillé trente ans pour la COGIREP. C'est un homme d'âge indéfinissable, à qui on donnerait quarante-cinq ans ou soixante-dix aussi bien. On voit qu'il a de l'argent ; sa demeure est magnifique et ostentatoire. Il nous reçoit au bord de sa piscine, bien que la saison ne soit pas bonne pour la baignade. (À se demander s'il ne l'a pas remplie exprès pour nous, afin de nous en mettre plein la vue.)

Sa femme, ravissante, s'éclipse dès notre arrivée.

L'une des missions de M. D. pour la COGIREP consistait à détecter des terrains dans Rouvières. Il connaissait les plans cadastraux par cœur et passait des journées à marcher dans les rues, nez en l'air, cherchant des vieilles maisons bien situées que leurs propriétaires voudraient vendre et qui, une fois rasées, feraient place à de nouvelles résidences.

– Vous étiez payé pour vous promener, dit Braque.

– Je n'ai jamais vu ça comme des promenades. J'avais une pression terrible. Même quand notre carnet de constructions était plein, je n'avais pas le droit de souffler. La COGIREP voulait du foncier à tout prix.

– Pour ne pas se faire chiper les terrains par la SOGER.

– Même sans cette concurrence, la COGIREP avait besoin de nouveaux projets. Peu importe qu'elle ait déjà du travail pour les cinq prochaines années.

– Comme une toxicomane, dit Braque.

M. D. et moi sommes surpris par cette analogie. Braque la justifie.

– Les villes se droguent à la construction. Les grues innombrables sont des seringues ; le béton, une drogue. Plus la ville se pique, mieux elle se sent. Et pourtant, c'est par là qu'elle meurt.

– Revenons au manoir, dis-je, craignant que Braque ne se lance dans un trop long développement. Depuis quand le lorgniez-vous ?

– Oh ! Je l'avais dans le viseur depuis longtemps. J'en rêvais. Je n'étais pas le seul. À la boîte, tout le monde le connaissait. On faisait le détour en voiture, pour le plaisir de le regarder.

– C'est vous qui avez contacté les héritiers Ramut ?

– J'étais déjà en rapport avec la vieille Mme Ramut. Je lui rendais visite de temps à autre, pour réitérer notre offre alléchante. Mon patron m'incitait à le faire, afin de maintenir un lien avec elle. « Le jour où elle vendra sa bicoque, disait-il, quand elle sera trop délabrée pour y habiter seule – il parlait bien de Mme Ramut, pas de la maison –, elle viendra vers nous. »

– Ce harcèlement aurait pu l'agacer, dit Braque. L'inciter à vendre, mais pas à vous.

M. D. hausse les épaules.

– Elle m'aimait bien. Je mettais mon costume pour aller la voir.

Braque et moi imaginons le veston mal taillé, la cravate multicolore à motifs.

– Au début, je ne suis pas sûr qu'elle comprenait le but de mes visites. Peut-être croyait-elle que j'étais un employé du téléphone ou un vendeur d'aspirateurs. Elle débloquait, vous savez. Mais elle a fini par se mettre dans le crâne que je voulais racheter sa maison.

– Vous le lui demandiez comme ça, de but en blanc ?

– Non. J'enrobais. Nous papotions, nous prenions le thé. Elle me servait du thé infâme, s'étant persuadée que je n'aimais pas le café. Je restais une demi-heure, une heure, à lui faire miroiter la fortune qu'elle toucherait en vendant, ainsi que la ristourne que lui consentirait la COGIREP pour un trois-pièces en rez-de-chaussée dans une résidence toute neuve. Mais nous parlions aussi de toutes sortes de choses. Même, parfois, nous nous regardions en silence. C'était bizarre, mais jamais gênant.

Il sourit.

– Je crois qu'elle aurait bien aimé que je la prenne sur son vieux canapé.

Soupir de M. D., silence consterné de Braque.

– Au moment de la quitter, nous avions toujours le même rituel. Je lançais : « Alors, vous vendez ? » Elle : « Pas encore. » Et je m'en allais.

Braque se caresse le menton.

– C'était pour me laisser un espoir.

– Vous ne vous êtes jamais lassé ?

– C'était comme une machine à sous. On sait qu'on ne gagnera sûrement rien cette fois-ci, mais on joue quand même.

Il soupire à nouveau.

– J'aurais eu plus vite fait de la tuer, c'est sûr.

Bataille commerciale

La COGIREP ne fut pas la seule à faire une offre aux héritiers ; la SOGER et le groupe City-Loft se positionnèrent aussi, tout comme la société toulousaine Laurent Immo qui cherchait à se développer hors de son secteur. Comment les Ramut choisirent-ils entre ces acheteurs ? Peut-être les ont-ils reçus un par un, comme dans un casting. À moins qu'ils ne les aient fait combattre sur un ring. Je divague, n'en sachant rien : les Ramut ont refusé mes demandes d'interview.

Tout le monde s'attendait à une victoire de la COGIREP, la première sur le coup. Or, non. À la surprise générale, les Ramut vendirent à CFR, un groupe espagnol inconnu dont on ne savait même pas qu'il s'était porté candidat.

Les Espagnols

– J'en suis tombé de ma chaise, assure M. D. On s'était attendu à tout, sauf à ça.

Le groupe CFR était originaire de Valladolid, avec des antennes à León, Gijón, Bilbao et Salamanque. C'était une entreprise moyenne d'environ 400 salariés. Elle avait participé à des chantiers au Portugal et en Italie, mais rien ne laissait présager qu'elle s'implanterait en France.

CFR ! On ne savait même pas ce que signifiaient ces initiales.

– Et on ne tient pas à le savoir, ajoute M. D.

– L'histoire aurait-elle été différente si la COGIREP avait gagné ?

– Oui, dit M. D. Il n'y a jamais eu le même genre de problèmes dans nos résidences.

(Heureusement qu'ils ont perdu, au fond, sans quoi le sujet de mon livre n'existerait pas.)

Comme nous prenons congé de M. D., Braque pose

une dernière question, qui manifestement lui brûle les lèvres.

– Si vous aviez accédé au désir sexuel supposé de Mme Ramut à votre endroit, croyez-vous qu'elle vous aurait vendu ?

M. D. réfléchit longuement.

– Je ne crois pas. Cela dit, au risque de vous surprendre, je vous garantis que si elle avait été plus claire dans ses signaux, eh bien, j'aurais payé de ma personne sans hésiter.

– Vous ne me surprenez nullement.

Gazette locale

La victoire de CFR était si peu plausible que, sur le coup, beaucoup crurent que la COGIREP l'avait emporté. Témoin, cet article anti-COGIREP paru dans un journal satirique à tendance écolo-anarchiste, *Le Petit Marmuzet*, ainsi nommé parce qu'imprimé chez un artisan imprimeur des Marmuzets, un quartier populaire du nord-est de Rouvières.

« Bientôt une nouvelle résidence COGIREP à Rouvières ! Une verrue de plus dans le paysage !

Cette fois, c'est rue Mayerling, où la société bétonneuse n'avait encore rien construit. Aucun quartier n'est donc à l'abri ! C'est comme si la COGIREP criait : “Où que vous posiez les yeux, vous tomberez sur nous. Rouvières nous appartient.” (Pas seulement

Rouvières, d'ailleurs : il paraît que la COGIREP a des vues sur Besançon, sur Orléans, sur Strasbourg, et bientôt sur Paris. Et demain, sur Monaco, Dubaï, Las Vegas ?)

Rien que l'année dernière, la COGIREP a construit trois grosses résidences hideuses : la Villa Médicis (avenue d'Italie), le Nouveau Louvre (boulevard Simon), immeuble-péplum dont les colonnades rappellent le palais de Ceauşescu de Bucarest, et l'Élysée-Pirandière (rue Pirandière), monstrueux chou beige et blanc qui défigure un coin charmant de la ville.

Et maintenant, ce nouveau projet ! Plus laid, plus cossu, plus grotesque et plus snob que les précédents !

La COGIREP va démolir au passage le petit manoir, l'une des jolies maisons anciennes de notre ville[1].

Habitants du quartier Voltaire, tenez-vous prêts, les envahisseurs arrivent ! Armés de grues, de bétonnières et d'excavatrices ! Vous allez voir ce que vous allez voir – gravats, boue, béton. Entendre ce que vous allez entendre : du bruit, beaucoup de bruit.

Ce que nous ne verrez ni n'entendrez, ce sont les pièces d'or tombées dans les poches de nos bâtisseurs. Poches déjà bien pleines, plus qu'il ne faudrait. Il

1. On peut trouver comique que ces gauchistes prennent la défense d'un bâtiment ancien, construit et habité pendant plusieurs générations par de grands bourgeois, protégé par de hauts murs, inaccessible aux prolétaires. Braque répond que ces gens ne sont pas à une contradiction près, ce qui les rend supportables.

paraît qu'ils en sortent opportunément de petits billets, pour arroser les édiles et obtenir plus facilement des permis de construire… Mais chut ! Ceci fera l'objet d'un prochain article. En attendant, le changement de décor continue. »

Suspension

Les immeubles sont des bêtes à gestation longue. Je ne parle pas de la construction proprement dite, qui est très rapide – un jour il n'y a qu'un trou, la semaine suivante, le bâtiment est presque achevé, le mois d'après des gens sont aux balcons. Non : je parle du temps qui sépare le commencement d'une opération, matérialisé aux yeux du public par un panneau (« Ici, votre nouvelle résidence de standing / 28 appartements luxueux, du studio au F5 »), et l'entrée en scène des engins de chantier. Parfois, c'est si long qu'on croit qu'ils n'arriveront jamais, que tout est tombé à l'eau, que le bâtiment ne verra pas le jour. On se prend à rêver que le promoteur l'ait oublié : ayant monté ce projet énorme, provisionné des sommes incroyables, tout lui est pourtant sorti de la tête, et plus personne n'y pense.

– J'aime, dit Braque, ces temps de suspension, ces entre-deux qui durent. L'immeuble ancien, la vieille maison cabossée sont toujours là, au milieu du jardin en friche. Il y a parfois des meubles à l'intérieur ; si on forçait la porte, ce que je ne me suis jamais résolu à faire, bien que les risques soient maigres, on pénétrerait dans un passé figé. Les fantômes des derniers habitants sont là, qui préparent vaguement leurs bagages ; ils ne se pressent pas, l'arrivée des bulldozers n'est pas pour demain. Quelle poésie dans ces parenthèses !

Coulisses

En coulisses, cependant, tout s'agite. Chez le promoteur, les financiers jonglent avec les chiffres et les ingénieurs avec les mesures. Sur les tables sont étalées des cartes, graphiques, papiers, documents administratifs. On se lance au visage toutes sortes d'acronymes – le PLU, la SHON, le CES, le PEB et le PPRI. Ces acronymes ont des arêtes tranchantes, il arrive qu'il y ait des blessés.

– Que signifie ce charabia ?

Braque me considère avec son petit air de supériorité.

– PLU : plan local d'urbanisme. SHON : surface hors œuvre nette. CES : coefficient d'emprise au sol. PEB : plan d'exposition au bruit. Euh…

– PPRI.

– Plan de prévention des risques inondation. Vous en voulez d'autres ?

– Volontiers.

– SHAB, ZAC, PC.

– Laissez-moi deviner. SHAB, euh…

Il ne me laisse pas le temps d'émettre une hypothèse, trop heureux d'étaler sa science.

– Surface habitable brute. ZAC, zone d'aménagement concerté. PC...

– Parti communiste ?

– Permis de construire.

Braque ricane.

– Bref, poursuit-il, comme vous voyez, c'est la frénésie. Architecte, conducteur de chantier, juristes, secrétaires, commerciaux, tout le monde est sur le pont. Je compare cette phase du projet à un sommeil léger. Le terrain paraît ensommeillé, mais en fait il rêve. Il rêve du bâtiment qui va surgir là, des beaux contrats de vente que signera bientôt le promoteur, des bénéfices que tout cela va occasionner.

Connaissant la suite de l'histoire, il ajoute :

– Ici, cela dit, c'est plutôt un cauchemar qu'un rêve.

Présentation des Lemoine

Il est temps de faire entrer en scène l'un ou l'autre des personnages de notre aventure. Au hasard, donc, voici les Lemoine, Valérie et Vincent, trente-deux et trente-trois ans. Elle est comptable pour une compagnie d'assurances à Rouvières, lui est informaticien. Ils gagnent bien leur vie, 4 500 € mensuels à deux, un revenu confortable en province. Locataires d'un appartement rue du Général-de-Gaulle, ils sont heureux ; demain, ils repenseront à leurs années gaulliennes

– gaullistes ? – comme à la plus belle période de leur vie, un temps de l'innocence avant les grandes catastrophes.

Tous deux croient venu le moment d'acheter leur logis. En fait, ce sont leurs parents qui les y incitent, ainsi que leurs amis qui ont *sauté le pas*, selon l'expression consacrée. Valérie voit par ailleurs dans l'achat d'un appartement le moyen de renforcer leur couple, une garantie. Vincent, lui, n'est pas si pressé ; si ça ne tenait qu'à lui, il resterait locataire. Mais, influençable, il suit toujours les idées de sa compagne. Du reste, les taux d'intérêt sont bas ces temps-ci.

Depuis plusieurs mois, ils épluchent les annonces sur internet et dans les magazines, en griffonnant des croix bleues dans les marges. Ils apprennent la géographie de Rouvières, qu'ils connaissaient mal. Ils se familiarisent avec les différents types de logements et avec le jargon burlesque des annonces – *atypique, semi-ouvert, à rafraîchir*. Ils se posent des questions.

Quelle surface ? Pas moins que leur appartement actuel, si possible – Vincent soupçonne sa femme de chercher surtout un nid pour un futur enfant.

Quel quartier ? Ils n'en savent rien ; le centre leur plaît bien.

Faut-il un garage, une place de parking ? Ils ont une voiture qu'ils utilisent peu et qui dort actuellement dans la rue. Mais un parking serait utile, surtout avec un enfant.

Cave, balcon, terrasse, étage ? Ils ne sont sûrs de

rien. Un balcon serait un plus. Un jardin serait encore mieux, pour l'enfant, mais les appartements avec jardin sont en rez-de-chaussée, donc peu lumineux. Etc.

En fin de compte, ils n'ont aucune idée de ce qu'ils cherchent.

– C'est le moment, tranche Valérie, de nous adresser à un professionnel.

LES LEMOINE, SUITE

On reconnaît tout de suite les agents immobiliers. Ils se ressemblent. C'est vrai dans toutes les professions, direz-vous : à parler le même jargon, à partager les mêmes centres d'intérêt, on finit en sosies. Mais je trouve que les agents immobiliers se ressemblent plus entre eux que les bouchers, ou les instituteurs. Exemple : M. Delouis. L'agent immobilier dans sa splendeur. Vraiment, il était fait pour son métier.

Les Lemoine ont poussé sa porte au hasard, parce que ses bureaux sont près de chez eux. La secrétaire les accueille avec un aimable sourire.

– Que puis-je pour vous ?

– Nous sommes à la recherche d'un appartement.

– À Rouvières ?

– Oui.

– Pour acheter ?

– Oui.

– J'appelle M. Delouis.

Elle décroche son téléphone. Les locaux étant

minuscules et toutes les portes grandes ouvertes, elle pourrait aussi bien crier à son patron d'accourir ; mais elle préfère chuchoter dans le combiné, comme si elle révélait un secret.

– Installez-vous, dit-elle en indiquant un salon, M. Delouis va vous recevoir.

Ils s'asseyent, puis aussitôt se relèvent : M. Delouis vient d'apparaître. Brun, bronzé, il porte une chemise blanche, une cravate fantaisie, un pantalon délavé et des chaussures noires.

Plus tard, les Lemoine repenseront à lui. Ils lui en voudront. Le pauvre, pourtant, n'y est pour rien. Mais si on remonte la chaîne des causes et des conséquences, à la recherche de l'embranchement où tout bascule, on tombe sur lui. « Si on ne l'avait pas rencontré, on n'en serait pas là », dira Valérie. Mais n'anticipons pas.

– Je vous écoute, dit M. Delouis après avoir conduit les Lemoine dans son bureau.

Valérie et Vincent s'expriment. Ils pourraient tout aussi bien se taire, d'ailleurs, car Delouis, en professionnel averti, les a cernés tout de suite. Il les aiguille doucement. Budget ? Préférence pour l'ancien, le moderne ? Une, deux voitures ? Il a sa manière de s'y prendre, qui les met en confiance. Il pose des questions personnelles, voire indiscrètes, toujours surpris de voir combien les gens parlent d'eux facilement. Avec un peu de tact, il leur ferait avouer n'importe quoi. Divaguons :

– Vous avez toujours vos parents ?

– Moi, oui. Vincent a perdu sa mère.

– De quoi est-elle morte ?

– Cancer.

– Des frères, des sœurs ?

– Moi, deux frères. Vincent, une sœur.

– Comment a-t-elle pris la disparition de votre mère ?

– Euh…

– A-t-elle été plus ou moins forte que vous dans l'épreuve ?

– Aussi forte, je dirais.

– Le décès de votre mère vous a-t-il rapprochés ?

Etc. Non, tiens, divaguons encore :

– Faites-vous toujours l'amour dans votre lit ? Je demande ça pour le nombre de chambres. Sinon, plutôt le matin, ou le soir ? Pour l'exposition. Certains clients forniquent dans la pénombre ; s'ils sont matinaux, je leur conseille une orientation plein ouest, pour qu'ils ne soient pas gênés par le soleil. Et puis, j'aurais besoin, Madame, de savoir si vous êtes expressive. *Expressive.* Je veux dire, criez-vous beaucoup ? Certains immeubles des années soixante-dix sont mal insonorisés, il ne faudrait pas que vous dérangiez les voisins.

Je plaisante, bien sûr. Mais quand même, M. Delouis se pensait capable de conduire ses clients à des confessions très intimes. Quand on visite ensemble des dizaines d'appartements, des mois durant, on apprend à se connaître.

M. Delouis tenait un journal secret, rempli de notations psychologiques et d'extraits de conversations.

Tout ce qu'il glanait au cours de ses rendez-vous professionnels, il le reportait, le soir, dans ses papiers. Ce fichier artisanal n'était pas très moral, mais où était le mal ? Ouvrons son journal. Nous vérifions facilement que M. Delouis n'a pas tort de se considérer comme un fin psychologue. Ses remarques sont perspicaces, pleines de discernement. Voyez ce qu'il écrit sur les Lemoine :

« Valérie et Vincent Lemoine. 20 septembre 20**. En couple depuis quelques années. Locataires, rue du Général-de-Gaulle, quatre pièces, 1 000 € par mois. Bonne situation. Apport personnel, 80 000 € ; soutien des parents. Aucun problème pour le prêt.

Quoi leur vendre ? Ils ne savent pas ce qu'ils veulent, on leur fourguerait n'importe quoi. Plutôt du moderne. Les emmener au T5 de la rue Leclerc, au T4 de l'avenue Grand-Moulin, et au Clos Napoléon sur la place Sainte-Anne.

Portraits. Madame porte la culotte. Lui, suiveur et pleutre. Elle le fera vivre où elle veut, au prix qu'elle choisit. Douce, émotive, rêveuse, ambitieuse, elle s'expose à des désillusions ; lui, naïf, sympathique, fainéant, n'a pas d'ambitions. Il reste avec elle parce que c'est commode, mais je crois qu'il ne l'aime plus. Qu'une autre femme surgisse dans sa vie, il oubliera la sienne.

Je ne crois pas qu'ils seront encore ensemble dans quelques années. Conclure rapidement, du coup. Je leur vends un T4, ils divorcent, le remettent en vente chez moi puis me rachètent deux T2. Quatre commissions en un an, *jackpot.* »

Propos de Braque sur les visites

– J'aime bien visiter des appartements à vendre, dit Braque. Pour passer le temps. C'est amusant de déambuler dans les pièces, de regarder. Comme ça. Je flaire les traces laissées par les anciens occupants. Des gens ont habité là. Des romans s'y sont écrits, au figuré : des histoires, des amours, des drames. C'est poignant, quand on y songe. On devine des présences. On tâte les couches de passé accumulées. L'air dans un appartement déjà habité possède une qualité spéciale, qui le distingue d'un appartement neuf où personne n'a vécu. C'est difficile à expliquer.

Visiter avec Braque doit s'apparenter à une séance de spiritisme. Il faudra l'accompagner, un jour.

J'ajoute ces propos de Braque, notés après nos conversations :

« Ce n'est pas nous qui choisissons l'endroit où nous voulons vivre, c'est l'endroit qui nous choisit. Quand vous visitez un logement à vendre, c'est en fait lui qui vous regarde. Il se demande s'il veut de vous, si votre bobine lui revient. Un appartement qui ne se vend pas n'est pas un appartement mal fichu, ou trop cher : c'est un appartement *difficile*, qui peine à trouver chaussure à son pied. »

« On croit qu'on choisit son logement soigneusement.

En fait, on s'en remet au hasard. On l'a visité une fois dix minutes, une deuxième fois vingt minutes. On ne réclame jamais de dormir sur place, ni d'y passer un week-end. Pour bien faire, il faudrait tester le lieu pendant plusieurs semaines. Mais non. Donc, on achète sans savoir. Si vous voulez mon avis, l'État devrait plutôt attribuer les habitations par tirage au sort. Vous voulez un quatre-pièces en centre-ville ? Prenez celui-ci. Il ne vous plaît pas ? Dites-vous que ça n'aurait pas été mieux si vous aviez choisi, et que mieux vaut être mal logé par hasard que par sa faute. »

Carnet de visites de Valérie Lemoine

(Les fautes d'orthographe dans les annonces ont été corrigées.)

« À vendre, quartier Talon. T4 lumineux avec vue, 68 m². Vaste séjour avec balcon, 2 chambres, possibilité 3. Grande cuisine. Résidence sécurisée, 5e et dernier étage avec ascenseur, place de parking dans la copropriété. »

Commentaire. État déplorable. Cuisine à refaire. Parties communes sinistres. Vue déprimante. Pas de commerces à proximité.

« À vendre, bel appartement T4, 74 m², dans résidence entourée de verdure, cuisine aménagée ouverte sur séjour (parquet) donnant sur grand balcon,

3 chambres (parquet), rangements, cave, cellier, parking collectif. »

Commentaire. Trop loin du centre. Pas de garage. Un peu étriqué. Joli balcon, belle lumière. À revoir ?

« Quartier Foliot, T4 de 75 m² avec 3 chambres, cuisine équipée, lumineux, etc. »

Commentaire. Donnez-moi une corde, que je m'y pende.

« À saisir, dans résidence de standing (2005), beau T4 de 80 m² comprenant séjour, etc. »

Commentaire. Pas mal. Petite copropriété bien entretenue. Mais le carrelage du séjour est si laid !

« Rue de Sterpinie. Tout en harmonie, cet appartement rénové dans l'air du temps, etc. »

Commentaire. Blablabla.

« Boulevard Victor-Hugo. Baisse de prix pour ce spacieux et lumineux appartement, à 5 minutes à pied du centre-ville. »

Commentaire. 5 minutes ? Pour un coureur kenyan !

« Exclusif ! T4, Rouvières centre historique ! Savoureux mélange d'ancien et de contemporain ! Vous serez séduit par ce beau T4 de 90 m² ! »

Commentaire. Hideux ! Simple vitrage ! Pas d'ascenseur !

Nous avons rendez-vous avec M. Hubert au 16, boulevard Voltaire, en face de l'ex-manoir.

Il nous reçoit en pantoufles. Son épouse, Maryse (lui s'appelle Dominique), sert le thé au salon. Leur appartement est coquet, à l'ancienne. (Je n'avais plus vu de napperons en dentelle depuis bien longtemps.) Braque, toujours attentif à la qualité des matériaux, inspecte les fenêtres en PVC et le parquet, petits carrés de bois entrecroisés comme on en faisait dans les années quatre-vingt. (La résidence, qui répond au doux nom de *Terrasses Voltaire*, date de 1988.)

– Le lancement du projet Mayerling, explique M. Hubert, fut pour nous une catastrophe. Que deviendraient le beau jardin du manoir, les grands arbres visibles depuis chez nous ? Et puis, il y aurait un long chantier, des grues, du bruit, etc. Maryse et moi avons pensé à déménager, pour éviter tout ça. Mais nous sommes restés. Et vu comment les choses ont tourné, nous avons bien fait. Nous étions aux premières loges.

M. Hubert est pourtant l'homme à cause de qui tout aurait pu s'arrêter : sitôt qu'il a eu vent de l'achat du manoir par CFR, il a préparé un recours juridictionnel contre le futur permis de construire, au nom d'une association de riverains formée à cet effet.

– Je ne suis pas procédurier, dit-il modestement (alors que tout prouve le contraire), mais je suis attaché à mes droits. Quand j'ai emménagé ici en 1995, j'ai fait comme dans tous mes précédents logements : j'ai créé une association de riverains. L'ARQV, « Association des Résidents du Quartier Voltaire ». J'ai même dessiné un logo, pour le papier à en-tête. Comme le sigle rappelle un peu le SPQR des Romains, j'ai utilisé une police de caractère antique. Le résultat, je crois, est assez joli.

M. Hubert n'a pas eu à chercher loin pour constituer cette association. Il suffit d'être trois. Sa femme et lui ont sympathisé avec un voisin de palier qui les a soutenus ; d'autres voisins ont adhéré par la suite, au fil des campagnes de sensibilisation menées par M. Hubert qui faisait du porte-à-porte et déposait des brochures dans les boîtes aux lettres.

– Les associations comme la nôtre sont la bête noire des promoteurs, des municipalités, et même des tribunaux, à cause des tombereaux de recours que nous intentons. On nous accuse de tous les maux : freins au progrès, égoïstes qui voudraient conserver les villes pour eux, privilégiés, etc. Mais moi, je trouve que les habitants d'un quartier ont une responsabilité, qu'il leur revient d'en prendre soin et de le protéger contre les agresseurs. Il y a une armée pour défendre le pays. Eh bien, toutes proportions gardées, il y a les riverains pour défendre les quartiers.

Le discours est rodé, on sent que M. Hubert l'a souvent répété. L'image militaire, à la fin, renseigne sur le tempérament du personnage, qui, je dois l'avouer, m'est assez sympathique.

L'ARQV n'a pas eu grand-chose à faire pendant plusieurs années, faute de projets immobiliers à combattre – sa raison d'être. À défaut, M. Hubert s'occupait en rédigeant des pétitions pour la réfection des trottoirs, l'abattage des marronniers pourris, ou contre la manie des élèves du lycée Ledoux de se réfugier en cas de pluie dans les halls des immeubles voisins, spécialement les Terrasses Voltaire dont ils parvenaient, comme par sorcellerie, à forcer la porte sécurisée.

Ensuite, l'ARQV a connu le sort de la plupart des institutions soutenues par l'effort d'un homme seul : cet homme s'est fatigué, personne ne l'a suppléé, et l'entreprise a sombré doucement. Aussi, quand le grand jour est arrivé, qu'il a fallu se mettre en ordre de bataille contre le Mayerling, l'ARQV était affaiblie, presque décimée.

– J'ai lancé le cheval trop vite, reconnaît M. Hubert avec philosophie. Si le projet avait démarré cinq ans plus tôt, il nous aurait trouvés sur sa route, forts, nombreux et déterminés. Mais cinq ans plus tard, usés, nous n'avons pas fait le poids.

– Le Mayerling aurait dû remobiliser les gens du quartier, non ? demande Braque.

M. Hubert soupire.

– Je l'ai cru. Sitôt le projet connu, je suis allé voir tous mes voisins, les jeunes du rez-de-chaussée, le couple du troisième, afin d'expliquer ce que ça changerait pour nous – la vue bouchée, le bruit, etc. Ils m'ont écouté poliment, mais aucun n'a réagi. On aurait dit qu'ils s'en fichaient. On allait ravager un parc délicieux, polluer le paysage, faire de la poussière et du vacarme, mais ils ne bougeaient pas ! Ils n'ont pas d'attachement au quartier.

Malgré ses forces diminuées, l'ARQV a fait son possible pour empêcher, du moins ralentir, la construction du Mayerling. M. Hubert a harcelé la mairie pour qu'elle s'intéresse au manoir et le préempte.

– On aurait pu le transformer en crèche, en musée, en bibliothèque, en atelier de réparation de vélos, en potager municipal, en tout ce qu'on veut. Chacune de mes brillantes idées était décrite et budgétée dans le détail. Mais personne n'a prêté attention à mes propositions.

L'ARQV s'est attaché les services de Me Chamerain, avocat spécialisé en droit de l'urbanisme. M. Hubert a payé les honoraires de sa poche.

– C'est un juriste réputé au niveau local, affirme M. Hubert. Il fréquente le tribunal administratif de Rouvières depuis vingt ans, il sait comment prendre les juges. Il a fait capoter des dizaines de grosses opérations.

Hélas, le procès intenté par M. Hubert et l'ARQV a échoué. Me Chamerain était d'avis de faire appel, mais M. Hubert a jeté l'éponge.

– Un procès en appel, c'est 4 000 € d'honoraires en plus. Mes finances ne me le permettaient pas. Les promoteurs sont les plus forts, voilà tout. S'ils veulent couler du béton chez vous, sous vos fenêtres, ils le coulent, tôt ou tard. Et souvent plus tôt que tard.

La cabane de chantier

Au bout de quelques semaines, une cabane de chantier en métal blanc et bleu (les couleurs de CFR) apparut dans la cour du manoir, puis deux grands panneaux publicitaires élevés derrière les murs, assez haut pour qu'on les voie depuis la rue.

« Bientôt, ici, votre nouvelle résidence de standing », avec un dessin ridicule comme ceux que Braque et moi aimons tant.

La visite de trop

M. Delouis conduisit les Lemoine dans cinq, dix, quinze, vingt appartements en vente, sans se décourager. La persévérance est la qualité majeure d'un agent immobilier ; sa commission le dédommagera toujours de ses efforts. M. Delouis savait par expérience que plus le nombre de visites infructueuses augmente, plus l'acheteur s'approche inconsciemment du moment fatidique où il se sent acculé, forcé d'accepter la prochaine proposition, par simple désir d'en finir. Il pourrait renoncer, tout aussi bien ; mais après tant d'efforts, non ! Comme dit M. Delouis, un client, comme une pomme, finit toujours par tomber ; il suffit d'attendre qu'il soit mûr.

Pour les Lemoine, quand même, cela s'éternisait ; mais il restait optimiste, tout comme Valérie Lemoine qui plaisantait en expliquant qu'ils trouveraient leur bonheur par soustraction – s'il y avait dans Rouvières un seul quatre-pièces à leur goût, il suffisait d'éliminer tous les autres jusqu'à tomber sur lui.

Ce jour-là, M. Delouis accompagnait les Lemoine dans leur vingt-deuxième appartement à vendre, au troisième étage d'une résidence du boulevard Voltaire, qui donnait sur le boulevard.

– Ce n'est pas un peu bruyant, cette circulation ? s'inquiéta Vincent.

– On s'y habitue, répondit M. Delouis. Ma sœur vit boulevard Carnot, encore plus passant qu'ici. Elle n'y pense même plus.

(M. Delouis connaissait toujours quelqu'un dans un immeuble frappé du défaut dont s'inquiétaient ses clients, et qui n'en tirait nul désagrément. Sa sœur, son beau-frère, son cousin, etc. Sa famille était immense.)

– De toute façon, ajouta-t-il, sous nos latitudes, on vit fenêtre fermée dix mois sur douze. Et puis l'été, le boulevard à partir de dix-neuf heures est vide. On est au calme pour dîner sur le balcon.

Cet argument convint à Vincent, alors même qu'il s'inversait facilement : s'il fallait attendre dix-neuf heures pour avoir du calme, c'est que le boulevard le reste de la journée était une autoroute.

Les Lemoine déambulaient pensivement dans les pièces vides tandis que M. Delouis consultait son téléphone, les laissant ainsi « s'approprier les lieux ».

L'appartement n'était pas déplaisant. Propre, pas trop cher, bien situé. Il n'y avait pas de travaux à prévoir, le vendeur avait refait les peintures et les sols. Le bruit du boulevard, certes ; mais quel logis n'a pas son point faible ? Ils avaient appris, au bout de toutes ces visites, à ne plus croire en la perfection.

En même temps, ce n'était pas un coup de foudre. Si les Lemoine achetaient, ce serait par défaut, ou par lassitude, comme pour donner raison à M. Delouis. Le moment n'était-il pas venu de se jeter à l'eau, au bout de toutes ces recherches, de ces innombrables comparatifs, de ces soirées passées à récapituler les visites, à regarder les centaines de photos prises sur place ?

Ils sortirent sur le balcon pour observer de nouveau les voitures, se demandant si ce serait supportable.

De l'autre côté du boulevard, les panneaux fraîchement plantés attirèrent leur attention.

– Tu as vu ? demanda-t-elle à Vincent.

– La pub, en face ?

– Oui.

Un long silence s'ensuivit.

Quand ils repassèrent la porte-fenêtre pour rejoindre M. Delouis à l'intérieur, celui-ci constata dans leurs yeux qu'une lueur s'était allumée. Quelque chose était en train de lui échapper, sans qu'il sache encore quoi ni comment.

Bibliothèque de Braque

Braque, en plus des affiches publicitaires, collectionne les livres où l'immobilier joue un rôle.

Histoires de maisons hantées, bien sûr, mais aussi récits modernes sur la vie en copropriété, essais sur la ville, etc. Je les lui emprunte, parfois. L'autre jour, j'ai pris *Le Naïf locataire*, roman à succès de Paul Guth – le quatrième des *Naïfs*, Grand Prix du roman de l'Académie française, en 1956. L'exemplaire de Braque est d'époque, sous une couverture bariolée. Un précédent propriétaire a inscrit son nom à l'intérieur, en pattes de mouches illisibles. (Je me demande du coup quel était l'intérêt de l'écrire.)

Le Naïf locataire est une satire de la vie citadine. Le narrateur mène une existence atroce dans un appartement infâme. Son immeuble lui pourrit la vie, au point qu'il se demande si cet immeuble n'est pas… le diable. Pourquoi pas ? « Nos aïeux croyaient le voir déguisé en bouc. Nous-mêmes, ivres de science, nous pensions l'avoir à jamais banni. Et voici qu'il revenait, le long de nos inventions, comme les rats envahissent les navires le long des amarres. »

Je note dans ce roman une phrase très drôle, à se remémorer en cas de panne d'un appareil électroménager : « Le progrès nous expédie des ascenseurs à tous les étages, nous relie aux usines du gaz et de l'électricité par des tuyaux et des fils, au monde entier par le téléphone, la radio et, bientôt, la télévision. En échange, il est normal que tout cela ne fonctionne pas très bien. »

Outre Guth, j'ai emprunté à Braque un livre de Daninos : *Made in France*, 1977. J'aime bien Daninos, l'inventeur du célèbre Major Thompson. Il était certes enclin à la facilité, mais il atteignait souvent des sommets de drôlerie (voyez son roman *Les Carnets du bon Dieu*). *Made in France* figure dans la bibliothèque immobilière de Braque à cause du premier chapitre, « Le Margrave », nom de l'immeuble où vit le narrateur. Satire désopilante du snobisme résidentiel, qui rejoint nos réflexions de l'autre fois. « Pourquoi “Le Margrave” ? D'abord pour obéir à un impératif démocratique : faire noble. » Le Margrave comporte 180 appartements, « du grand standing au standing tout court » ; Daninos ajoute : « On ne dit pas petit. »

Sur place

Une semaine après leur précédente visite, les Lemoine, main dans la main, pénétrèrent dans la cour du manoir par les grilles ouvertes de la rue Mayerling.

Un trentenaire souriant sortit de la cabane de chantier, guindé dans un costume trop court. C'était M. Lucas, commercial chez CFR. Il leur remit divers documents – plaquette promotionnelle, plan de masse, liste des appartements, etc., puis leur proposa de visiter le parc. Un autre couple se présenta alors : un quinquagénaire et son épouse plus jeune, noire, cheveux courts, très consciente de sa beauté. Il portait une veste en daim, une chemise à jabot, des lunettes de trotskiste et un chapeau de chasseur.

M. Lucas fit faire aux deux couples un tour du parc, en les priant d'imaginer l'immeuble futur.

« Regardez. Ici s'élèvera un bâtiment aux proportions harmonieuses, sur fond de verdure. De part et d'autre de la porte, les jardinets privatifs, dont l'intimité est garantie par des arbustes. Aux étages, les balcons ; sur les côtés, des terrasses. » Le discours était bien ficelé. « Tout est prévu, jusqu'au moindre détail, pour donner un sentiment de bien-être, d'apaisement, de sérénité. » C'était sublime.

Les couples, conquis, quittèrent le manoir ensemble.

– Ça a l'air bien, non ? dit le petit homme en remettant son chapeau.

– Très bien, répondit Vincent.

– Vous achetez ?

– Sans doute, répondit Valérie.

– Pour nous, c'est déjà décidé, lança-t-il en sortant ses cigarettes.

Sa femme, qui n'avait pas dit un mot ni témoigné le moindre désir de participer à la conversation, s'éloigna pour consulter son téléphone.

– Si ça se trouve, nous serons bientôt voisins !

– Eh oui.

– Je serais vous, dit-il en baissant la voix, je ne tarderais pas. Ça va s'arracher comme des petits pains.

– Vous croyez ?

– Dans quinze jours, tout sera vendu.

Il alluma sa cigarette.

– Et puis, il y a les investisseurs. Ils raflent les appartements neufs dans tout Rouvières, pour louer. À cause d'eux, les prix montent en flèche.

Valérie et Vincent se regardèrent avec inquiétude.

Ils croyaient pouvoir prendre leur temps, décider tranquillement ; mais le temps, apparemment, était compté.

Valérie se massa les tempes.

– Ça va ? demanda Vincent.

– J'ai mal à la tête.

Elle frissonnait. Couvait-elle une grippe ?

Ils saluèrent leur futur voisin et jetèrent un vague regard à sa femme, qui ne leur rendit pas leur salut. (On ne l'invitera pas à dîner, celle-là.)

Sur le trottoir d'en face, ils se retournèrent pour lancer un dernier coup d'œil à l'emplacement de la future résidence Mayerling. Leur résidence.

Et puis

Un jour, les travaux commencèrent.

Le voisinage, accoutumé au manoir endormi, fut tout surpris d'y voir débarquer des engins de chantier, mastodontes orange prêts à tout dévorer, conduits par une armée d'ouvriers casqués qui prirent position dans le parc comme des soldats sur un champ de bataille.

« On aurait dit des Huns », raconte M. Hubert. De fait, ils commencèrent comme les Huns par tout ravager, détruisant le manoir au moyen de deux pelleteuses.

Quel spectacle, au passage, que cette démolition ! La foule accourue de partout, massée derrière les grilles, fut frappée par la facilité des machines à casser la brique, la pierre et le ciment ; leurs godets s'enfonçaient dans les murs comme dans une crème, tout s'écroulait avec fracas, cérémonie grandiose et gratuite dont on se souviendrait longtemps.

Au bout d'une demi-heure, il ne restait plus rien du manoir. La belle maison sans défense qui s'élevait là depuis les années 1860 et dont nous avons retracé brièvement l'histoire était à terre, agonisante. Ses ruines fumaient au pied des pelleteuses ; on les transvaserait bientôt dans des camions à benne, qui partiraient les disperser Dieu sait où.

Certains spectateurs, le soir, repenseraient devant leur dîner à cette démolition, avec l'impression bizarre d'avoir assisté à un meurtre.

Attention aux mauvaises surprises

(Témoignages recueillis sur internet.)

Vincent P***, 28 septembre 20**

J'ai emménagé voici trois mois dans un appartement neuf. Une fuite est apparue le lendemain de mon arrivée ; l'eau des toilettes du voisin du dessus s'est déversée chez moi. Les ascenseurs n'ont fonctionné qu'au bout d'un mois. Certaines fenêtres, tordues, étaient impossibles à fermer.

Robin V***, 12 novembre 20**

J'ai acheté en mai 20** un T3 à X***, livraison

prévue pour le dernier trimestre. Une pré-visite m'a été proposée voici quinze jours. J'ai bien fait d'y aller : j'ai relevé une cinquantaine de défauts. On m'a promis des réparations. Par ailleurs, toute demande de modification par rapport aux plans est facturée à un tarif délirant : déplacer une prise de courant, 150 € ; 6 m² de peinture dans la cuisine, 400 €, etc. Entre les volets électriques, la modification de la plomberie, les prises et les carreaux fantaisie pour le décor de la salle de bains, j'en ai pour 7 000 € supplémentaires.

Étienne L***, 7 décembre 20**

Ma femme et moi avons rempli deux pages de réserves. En vrac : sur quatre volets roulants, deux étaient en panne, le troisième monté à l'envers (il montait quand on appuyait sur « descendre », et inversement) ; plafonds mal finis ; fissures au-dessus de l'entrée ; fuite sous le lavabo ; bulles d'air dans les joints du carrelage ; porte coulissante des placards qui accroche ; trous non rebouchés dans le mur ; etc.

Marc N**, 11 décembre 20**

Nous nous sommes engagés en mai 20** auprès de la COGIMMO pour un T3, livraison au quatrième trimestre 20**. Lors de la signature chez le notaire, la livraison a été repoussée au premier trimestre de l'année suivante. Et la semaine dernière, on nous annonce que la livraison n'aura lieu qu'au… troisième trimestre !

Émilie J***, 11 janvier 20**

Que de surprises à la livraison ! Toilettes souillées. Rayures sur la baie vitrée. Ballon d'eau chaude en panne. Fuite au robinet. Infiltration d'air sous le châssis d'une fenêtre. Fissures extérieures. Après cinq courriers recommandés et six mois d'attente, le promoteur a daigné se déplacer pour constater les malfaçons. Il a rebouché les fissures en vitesse, elles ont réapparu trois semaines plus tard.

Nicolas V***, 28 mai 20***

Ma mère a acheté un appartement chez Laborit Immobilier. Comme elle est âgée et un peu sourde, ils ont commencé par l'arnaquer en faisant passer le prix hors taxes pour une remise. Ensuite, alors que le dépliant promettait une « très belle gamme de carrelage », ils n'ont proposé qu'une variété, fort laide. Nous avons demandé une douche à la place de la baignoire : ils ont envoyé ma mère – quatre-vingt-six ans – choisir sa douche elle-même chez un fournisseur, sans préciser la gamme à laquelle elle avait droit ; puis ils ont dit que son choix ne rentrait pas dans le tarif et lui ont facturé un supplément.

Michel V***, 8 août 20**

Ils ont fait barrage physiquement pour m'empêcher de visiter l'appartement durant le chantier. Mais le plus fort, ce fut la remise des clefs : à la nuit tombée, dans un appartement sans ampoule – impossible de voir les défauts ! J'ai voulu reporter au lendemain, le type s'est énervé et a menacé de garder les clefs plusieurs jours si je ne signais pas tout de suite. Nous avons eu des mots, puis j'ai cédé.

*Perdu dans les récriminations, ce message en défense posté le 8 janvier 20** par Philippe P*** :*

Je suis vendeur d'immobilier neuf. Je ne mets pas en cause la sincérité des témoignages déposés ici, mais ils donnent une vision faussée de la réalité. Aucune construction n'est parfaite. Les fissures dans un bâtiment neuf sont inévitables : toute construction bouge. Elles sont sans gravité, si le client les signale en temps utile.

La source de tous les problèmes, c'est que les délais sont trop courts. On ne prend plus le temps de laisser les constructions sécher. Les clients, qui mettent la pression sur les promoteurs, ont leur part de responsabilité…

Je note aussi que le système français de protection des acheteurs est le meilleur du monde. Les garanties sont sans égales.

LES LEMOINE SE DÉCIDENT

Le message de Philippe P*** reproduit ci-dessus fut d'un grand réconfort pour Valérie Lemoine, qui surfait depuis des jours sur internet pour se renseigner sur l'achat dans le neuf. Elle s'était pourtant déjà décidée en secret ; aussi le message de Philippe P*** annula-t-il dans son esprit les 200 messages hostiles qu'elle avait lus – festival de récriminations et de vies saccagées, certains clients floués parlant même de dépression, de procès-fleuves, voire de suicide (saut de l'ange depuis le balcon de l'appartement litigieux, peut-être, comme ces salariés qui s'immolent sur leur lieu de travail).

Ce Philippe P*** avait raison, songea Valérie. D'ailleurs, tous les messages précédents n'étaient pas représentatifs. Ils n'étaient même pas forcément authentiques. Si ça se trouvait, les promoteurs inventaient de faux profils pour poster des messages nuisibles à la concurrence. (Valérie ne songea pas une seconde que Philippe P*** n'existait peut-être pas non plus.) Et puis, à supposer même que tout fût vrai, ces messages n'avaient pas de valeur statistique. Seuls les mécontents s'expriment ; la foule des acheteurs satisfaits, probablement plus nombreuse que cette minorité de protestataires, ne postait pas de messages sur les forums. Du reste, les déçus n'exagéraient-ils pas un peu ? Ils se plaignaient de la moindre trace de doigts sur une faïence, de la plus petite cloque dans une peinture. Des insatisfaits perpétuels, qui voient tout en noir.

En regard, la liste des raisons d'acheter du neuf s'enrichissait chaque fois qu'elle y pensait. Le plaisir de posséder un appartement propre, frais, immaculé. La possibilité de changer les plans pour que tout soit aménagé à son goût. Etc. Certes, c'était plus cher ;

les Lemoine devraient tirer un trait sur la deuxième chambre. Mais avaient-ils besoin de deux chambres ? Valérie ne voulait pas d'enfant tout de suite. Deux chambres : et pourquoi pas un château ! Et puis, cela les forcerait à se débarrasser de leurs vieux meubles encombrants. Bonne occasion de faire du tri.

Enfin, argument suprême : vu le prix, les voisins seraient fortunés. Valérie n'avait rien contre les pauvres, elle avait même une conscience sociale très pointue ; mais c'est un fait universel qu'au moment des choix importants – le logement, l'éducation des enfants, etc. – l'égoïsme individuel l'emporte. M. Lucas avait expliqué sans la moindre gêne que l'immeuble, tenant compte des lois sur le logement social, frôlait la surface plafond au-delà de laquelle il aurait fallu inclure des appartements pour familles à revenu modeste. « Ça se joue à 2 m^2 », avait-il précisé en souriant. Valérie et Vincent s'étaient surpris à n'être pas choqués par ce cynisme ; même, ils étaient contents.

SCÈNES DE TRAVAUX, EN ACCÉLÉRÉ

Des engins préparent le terrain, creusent, entassent, poussent et déplacent la terre, puis on aménage les emplacements pour les réseaux. Des centaines de camions à benne pleins à ras bord démarrent, manœuvrent, vont, viennent et repartent. Les bétonneuses arrivent. L'ossature du futur Mayerling apparaît, voiles, dalles, toiture. Les ouvriers coulent du béton dans les coffrages autour d'armatures en métal. Poteaux et poutres giclent du sol, comme des ducs d'Albe. Le coffreur, le ferrailleur et le grutier s'activent. Il faut poser les fenêtres, les portes, étanchéifier la dalle supérieure et mettre le bâtiment hors d'air et d'eau. Puis les plombiers, chauffagistes, ascensoristes et électriciens prennent la relève. Enfin, les menuiseries, les revêtements de sol, les sanitaires et les peintures, mille et une finitions minuscules pour que, comme dit la brochure, « tout soit parfait ».

Un nouvel être est né : le Mayerling. 5 000 m^3 de béton. 300 tonnes d'acier. 150 fenêtres et portes-fenêtres. 300 portes intérieures. 1 500 m^2 de façade isolée. 200 m^2 de garde-corps aux balcons, 1 000 plaques de cloison, 250 plaques de doublage isolant pour plafonds, 700 plaques de doublage isolant pour les murs. 6 kilomètres de câble électrique. 2 000 prises et interrupteurs. 900 mètres de tuyaux de distribution de gaz, 8 kilomètres pour l'eau, 2 pour l'évacuation sanitaire. 2 000 m^2 d'isolant acoustique sous carrelage, 10 000 carreaux de carrelage, 7 000 carreaux de faïence. 3 000 litres de peinture.

Et une âme noire, cachée là-dedans, dont on ignore la taille et le poids.

« Un immeuble moderne, m'explique Braque, c'est une plage qu'on grignote. Fabriquer du béton nécessite en effet d'immenses quantités de sable qu'on prélève où il est, c'est-à-dire sur les plages. Celles-ci, du coup, disparaissent. Cette relation entre construction immobilière et déclin des plages est visible sur les côtes touristiques, en Espagne par exemple. Les touristes veulent des immeubles avec vue sur la mer ; les promoteurs, pour les satisfaire, pompent sur les plages le sable nécessaire au béton ; les touristes n'ont plus ensuite qu'à s'installer dans leurs immeubles neufs face à la plage disparue, remplacée par un paysage lunaire.

Certains pays comme Singapour ont consommé tout leur sable. Pour continuer de s'étendre (Singapour, comme Monaco, est une île qui rogne sur la mer, en y déversant des millions de tonnes de sable), ils en importent. Soucieux de conserver leurs ressources en sable, les pays voisins ont fixé des quotas. Un trafic mafieux s'est donc organisé. On peine à le croire, mais c'est vrai : il existe un trafic de sable, au même titre que le trafic d'armes ou de drogue.

Les pays du Golfe aussi sont frappés de pénurie. Prenez Dubaï, micro-État absurde, métropole climatisée au milieu du désert : non seulement on s'y échine à planter des gratte-ciel délirants dans un sol impossible (la composition du sous-sol oblige à déployer des trésors d'ingénierie pour que les fondations tiennent), mais on importe des montagnes de sable car il n'y en a pas assez sur les plages. Et le désert, direz-vous ? Mais le sable du désert, à la différence du sable marin, est impropre à la construction. Dubaï achète donc son sable à l'étranger.

Du sable de plage, pour faire du béton dans le désert.

Notons, aussi, qu'un grain de sable utilisé pour le béton est retiré à jamais de la circulation naturelle des matériaux entre la terre et la mer. Prison à perpétuité. C'est, quand même, une punition injuste pour ces pauvres grains de sable qui n'ont rien demandé. »

Qui a construit le Mayerling ?

« Je me le demande, soupire M. D., l'air sceptique. Après nous être fait souffler le manoir par CFR, nous avons d'abord été sidérés, et vaguement honteux. Puis nous sommes devenus curieux de voir comment les Espagnols s'y prendraient. Ils étaient nouveaux à Rouvières, vous comprenez ? Ce n'est pas rien de s'implanter dans une localité comme la nôtre : il faut trouver des fournisseurs, des sous-traitants, des entrepreneurs. À la COGIREP, nous avions nos circuits, nos interlocuteurs ; nous connaissions chaque entreprise, savions lesquelles faire travailler ensemble. *Idem* pour la SOGER. Mais CFR ? »

M. D. s'interrompt, laissant planer un douloureux suspense.

– Eh bien, croyez-le ou non, CFR n'a contacté personne.

– C'est-à-dire ?

– Aucune entreprise locale n'a décroché le moindre contrat. Rien. Les Espingouins ont débarqué avec leur matériel, leurs équipes, tout. Ils n'ont pas embauché d'ouvriers rouviérois. Rien que des gens de chez eux. Vous imaginez pourtant la quantité de personnels nécessaire sur un chantier pareil ?

Braque et moi n'en avons aucune idée, mais nous supposons que c'est beaucoup.

– Les types arrivaient par paquets de vingt, venus d'on ne sait où. Étaient-ils espagnols ? Je me suis rendu sur place, pour voir. Impossible d'entrer ; le chantier était protégé par des cerbères qui m'ont fait comprendre que je n'avais rien à faire là. J'ai prétexté que j'étais du métier, j'ai exhibé mon casque, mais ils n'ont rien voulu savoir. J'ai toutefois pu croiser des ouvriers, et je peux vous dire qu'ils ne parlaient ni le français ni l'espagnol. Du roumain, ou du hongrois, je pense.

Manifestement, M. D. soupçonne CFR d'avoir recouru à une main-d'œuvre venue de l'Est. Il soupire.

– C'était bizarre, reprend-il. On aurait dit que CFR travaillait en secret. Si des boîtes locales avaient sous-traité pour eux, j'aurais eu accès à certaines informations, mais non. Cet immeuble, messieurs, est entièrement issu de mains étrangères. Et puis, quand le chantier a été fini, *pfuit* ! Les ouvriers ont disparu comme par enchantement. Et personne n'a plus jamais entendu parler d'eux.

Cours marxiste d'architecture

Braque m'a donné rendez-vous sur le campus de l'université de Rouvières, où nous attend René Maizières, un ami à lui, avec sa femme Monica. Notre point de rencontre est un gros rocher brun sur l'esplanade entre la faculté de droit et la faculté des sciences, sorte de météorite de trois mètres de haut qui, paraît-il, est « une intéressante sculpture brute d'un artiste français renommé » (*dixit* Braque).

Petit, souriant, cheveux bouclés, René Maizières a quarante-cinq ans. Il plisse toujours les yeux comme si la lumière était trop forte ; agité, il sautille sans cesse ou se balance d'un pied sur l'autre, incapable de tenir en place. (Quel enfant turbulent il a dû être.) Sa femme, Monica, est l'inverse : grande, longiligne et indolente, elle me tend une main molle et ne desserre jamais les lèvres. Je n'entendrai pas le son de sa voix.

– René, dit Braque, s'intéresse à l'architecture. Nous allons faire ensemble une balade dans Rouvières, et il commentera pour nous certains immeubles remarquables.

– Je vous préviens, le coupe Maizières : je suis marxiste.

Il dit cela d'un air sérieux et ennuyé, comme il aurait dit « je suis colérique », ou « je suis contagieux ».

(Je ne crois pourtant pas que le marxisme soit une maladie.) Braque précise :

– Ce que René veut dire, c'est que sa lecture des choses est orientée.

– C'est ça, confirme René. Allez !

Le premier immeuble de notre périple est sous nos yeux : la faculté des sciences.

– Ce bâtiment fut construit en deux temps, explique Maizières. La partie ancienne lors de la création du campus, en 1958 ; la partie moderne en 1990, pour faire face à la "massification de l'enseignement supérieur", comme disent les technocrates. Les deux bâtiments, distants d'une quinzaine de mètres et reliés par des passerelles, offrent un bon résumé de l'architecture contemporaine. Regardez le bâtiment ancien : un gros cube robuste, sans fioriture ni fantaisie. Les fenêtres se suivent et se ressemblent. Rien ne dépasse, tout est fonctionnel et terne. C'est le style des années cinquante, économique, solide, vaguement soviétique. Vous remarquerez que, pour un bâtiment d'une soixantaine d'années, il se tient encore très bien.

Il soupire.

– À côté, le bâtiment nouveau, années quatre-vingt-dix. Aussi bien l'autre était lourd, massif, brutal dans sa simplicité, aussi bien celui-ci est aérien, léger, ornementé. Voyez les tubulures, les piliers, les poteaux ; on croirait une usine à gaz. C'est l'inspiration industrielle de l'architecture moderne. Voyez aussi, au rez-de-chaussée, les fenêtres.

– Elles sont rondes, dit Braque.

– Oui. Pourquoi, selon vous ?

– Je ne sais pas. Nécessité technique, peut-être ?

– Pas du tout. Elles auraient pu être carrées. Normales. Si elles sont rondes, c'est par *idéologie.*

– Quelle idéologie ? demande Braque.

– Une fenêtre ronde, c'est un hublot. Ce sont en fait des fenêtres de bateau. Toute l'architecture contemporaine, héritière des architectes fous de la première moitié du siècle dont je préfère ne pas citer les noms, est inspirée par l'esthétique du paquebot. Elle voudrait, consciemment ou non, que les bâtiments soient des paquebots.

Maizières me fixe durement, comme pour s'assurer que l'information fait son chemin dans mon cerveau.

– C'est stupide, évidemment. Un bâtiment ne voyage pas. Et pourtant, la folie de nos architectes consiste, depuis des décennies, à opérer ce rapprochement délirant de la carpe et du lapin.

Maizières s'approche.

– D'où leur obsession pour le décollement, l'aérien, le flottement.

Il indique les extrémités du bâtiment nouveau, deux gigantesques décrochages à vingt mètres du sol.

– C'est systématique dans les immeubles d'aujourd'hui : ils sont décollés de la terre. Comme si on voulait qu'ils s'envolent. Partout, vous verrez ce genre de décrochages, avec des passerelles, du béton perché dans les airs, sans rien en dessous.

Il secoue la tête en signe de désapprobation.

– Performance inutile et absurde ! C'est encombrant,

le bâtiment occupe un volume énorme alors qu'il ne contient que du vide. C'est coûteux. C'est compliqué techniquement. Et c'est très laid.

– Il faut reconnaître en effet, dit Braque, que cette masse en lévitation au-dessus de nos têtes… Je n'aimerais pas m'asseoir là-dessous. J'aurais peur que tout craque et me tombe dessus.

– Hélas, ça n'arrive jamais, répond Maizières.

Comme je le regarde d'un air interloqué, il ajoute :

– Ça ferait une bonne leçon aux architectes. Ils y réfléchiraient à deux fois avant de recommencer.

Nouveau soupir. Puis Maizières redresse la tête et se met en marche.

Cours d'architecture (suite)

Nous prenons le tram (c'est la première fois que je vois Braque emprunter les transports en commun) et allons au centre-ville. Descendus place de la République, nous commençons un périple de deux heures, ponctué de haltes devant des bâtiments variés – le siège du Crédit rouviérois, les bureaux des assurances Groupix, la tour de bureaux Élyséa, l'auditorium (fascinante illustration des propos de Maizières sur l'architecture hors sol, avec sa passerelle qui enjambe inutilement une route à quatre voies), divers immeubles résidentiels de toutes époques et tous styles. Chaque fois, Maizières commente, explique, décrypte ou condamne. C'est passionnant, même si je ne suis pas toujours convaincu. J'admire le don d'observateur de Maizières à qui rien n'échappe ; j'admire aussi son système, sa capacité à tout analyser ; en même temps, sa grille de lecture me paraît fonctionner trop bien pour être honnête : ses observations sont toujours les mêmes, comme s'il possédait un principe magique pour tout expliquer. (C'est sûrement ce qu'il a voulu dire en se présentant comme marxiste : attention, j'ai réponse à tout.)

– Voyez les garde-corps aux balcons, dit-il. Autrefois, on faisait des œuvres d'art, de belles ferronneries baroques. Aujourd'hui, ce sont des rambardes de navire : longilignes, tubulaires et droites. Croyez-vous que c'est par économie, ou parce que l'art de la ferronnerie s'est perdu ? Non. Cette ressemblance est voulue.

Maizières, plus simplement, attire aussi notre attention sur la laideur de ce qui se construit depuis, mettons, une cinquantaine d'années, et qui va s'aggravant. Par jeu, il propose que nous notions cette laideur sur une échelle de 1 (laideur moyenne) à 5 (laideur absolue). Nous jouons (sauf Monica qui rêvasse – quelle femme bizarre !) ; nos notes sont rarement inférieures à 3.

Le Victoria, résidence de luxe : 4 (Maizières), 3 (Braque), 3 (moi). Total, 10.

Bureaux du Conseil départemental : 4, 4, 4. Total, 12.

Le Panthéon, immeuble de bureaux : 3, 3, 4. Total, 10.

Résidence Candida : 4, 5, 5. Total, 14 !

– Celle-là est hideuse, note Braque.

– Oui, répond Maizières, et mesquine avec ça. Regardez les grillages pour séparer les balcons ! On dirait que les habitants sont en prison.

– Ou au confessionnal.

Nous passons aussi devant deux chantiers, et contemplons longuement les bulldozers à l'œuvre. Des ouvriers coulent du béton : bave épaisse et grise qui avale tout, engloutissant les armatures en acier. Des tuyaux sont déroulés partout, en plastique, en caoutchouc, jaunes, rouges, bleus, verts, orange. Ces couleurs ont sûrement une signification ésotérique.

Maizières soupire.

– Anarchiques et animés, dit-il, les chantiers de construction sont au fond assez beaux. Plus beaux, en tout cas, que les immeubles qui en résultent. Il vaudrait donc mieux, pour l'intérêt des villes et pour notre santé mentale, qu'aucun chantier n'aboutisse jamais.

Théorie des fenêtres

Maizières, sur le chemin du retour, nous fait observer des fenêtres.

– Que remarquez-vous ?

– Rien.

– Mais si.

– Ah oui ! s'exclame Braque. Elles sont horizontales.

– Exactement. Des fenêtres horizontales, symboles d'une civilisation d'hommes couchés.

L'homme qui tombe

Un jour que M. Hubert, sur sa terrasse, observait les allées et venues des engins sur le chantier du Mayerling, quelque chose d'effroyable est arrivé : un ouvrier grimpé sur la grue est tombé. Comme ça. Sans un bruit.

– Je ne sais pas comment il a fait son coup, explique M. Hubert. Toujours est-il qu'il a fait le grand saut. Son corps a décrit un arc de cercle, basculant sur lui-même jusqu'à se trouver tête en bas. J'avais l'impression d'un ralenti, tant ça m'a paru long. Puis il a disparu de mon champ de vision.

Plusieurs secondes durant, M. Hubert est demeuré sur son balcon, incapable de réagir – il n'a même pas eu le réflexe d'appeler sa femme. Il attendait que quelque chose se passe, qu'une sirène retentisse, que les travaux s'interrompent, que des cris s'élèvent. Mais non.

Le chantier a continué comme si de rien n'était. Un ouvrier, casque aux oreilles, s'acharnait sur une dalle au moyen d'un marteau-piqueur ; le monde aurait pu disparaître sans qu'il s'en aperçoive. Plus loin, des ingénieurs étudiaient un plan. Leur collègue venait de faire une chute de vingt-cinq mètres, et eux travaillaient !

M. Hubert s'est agité tout à coup, a enfilé des chaussures, dévalé l'escalier, traversé le boulevard en slalomant parmi les voitures pour se présenter, essoufflé, devant la grille du chantier. Il a fait de grands gestes pour attirer l'attention, mais personne n'a pris garde à lui. Il a hurlé, intercalant ses hurlements entre les coups de marteau-piqueur. Enfin un contremaître s'est dirigé vers lui, visage fermé.

M. Hubert a décrit l'accident, expliquant qu'un grutier gisait au pied de son engin, qu'il fallait lui porter secours tout de suite. Le contremaître, qui semblait ne pas parler français, a froncé les sourcils. « La grue ! La grue ! » criait M. Hubert, excédé. Le contremaître a dégainé son talkie-walkie. Enfin !

Il a marmonné quelques mots dans l'appareil, qui a crachoté une réponse incompréhensible ; il a hoché la tête, regardé M. Hubert d'un air désapprobateur, puis a tourné les talons. M. Hubert, stupéfait, a compris qu'insister ne servait à rien. Il est rentré chez lui pour prévenir la police.

– Que leur avez-vous dit ?

– La même chose qu'à cet imbécile. Qu'un ouvrier était tombé de la grue. Ils ont répondu qu'ils arrivaient.

– Et alors ?

– Je me suis posté sur mon balcon, attendant les flics. Ils ne sont jamais venus. Au bout d'une demi-heure, j'ai rappelé ; ils m'ont assuré que « l'information était enregistrée » – je vous jure qu'ils ont dit ça –, et ils ont raccroché.

Aujourd'hui encore, M. Hubert n'en revient pas.

– Si l'on creusait maintenant à l'endroit où était la grue, eh bien, on trouverait le grutier. Si ça se trouve, ce n'est pas la seule victime. D'autres ouvriers peut-être sont morts. Écrasés par des poutrelles, engloutis dans du ciment, occis par un moellon tombé du toit. CFR les a enterrés sur place et les a remplacés par d'autres. Sous le Mayerling, il y a peut-être un immense charnier.

Syndic

Un dernier mot, avant de passer aux choses sérieuses. CFR, n'ayant pas de filiale française spécialisée dans le syndic, confia le Mayerling au cabinet Gestimmo. Voici sa plaquette publicitaire (recueillie par Braque) :

« *Gestimmo s'adresse aux copropriétaires qui veulent confier la gestion de leur immeuble à un professionnel rigoureux et réactif.*

Fort d'une expérience de cinq décennies, Gestimmo met à votre service des équipes enthousiastes, qui vous fournissent des solutions adaptées pour votre copropriété.

Avec Gestimmo, la copropriété en toute tranquillité ! »

Remise des clefs

L'immeuble est terminé, les appartements sont livrés.

Les Lemoine et tous les propriétaires, passés chez le banquier puis chez le notaire, emménagent enfin.

Maintenant, regardons-les souffrir.

DEUXIÈME PARTIE

– Je vous présente les copropriétaires en vrac, dis-je à Braque, pardonnez le côté anarchique de l'exposé.

– Je vous en prie.

– Commençons par les Lemoine, nous les connaissons déjà.

Bisbille chez les Lemoine

Sitôt installés, les Lemoine cessèrent de s'entendre.

Ils avaient l'habitude de se disputer de temps en temps, violemment parfois ; il était même arrivé que Valérie, pour exprimer sa contrariété, quitte le domicile pour la nuit et séjourne chez sa mère, ou chez une amie ; mais elle revenait toujours le lendemain, et les deux amoureux tombaient dans les bras l'un de l'autre en se demandant pardon. Petites crises sans gravité, qui pouvaient même passer pour une forme de coutume conjugale.

Au Mayerling cependant, tout changea. Du jour

au lendemain, les Lemoine se découvrirent sous un jour nouveau, et se querellèrent en continu. Leurs disputes, sur les sujets les plus divers, dégénéraient tout de suite. Ils ne se maîtrisaient plus du tout ; les choses pouvaient déraper à tout instant. Ils jouaient pour ainsi dire des rôles inconnus, sans avoir le texte à l'avance. Ils se jetaient même des menaces de mort au visage. Tout prenait des proportions insensées. Une force irrésistible s'était emparée d'eux.

Au bout de quinze jours et d'autant de scènes, Vincent, n'en pouvant plus, dut s'enfuir un week-end chez ses parents, loin de Rouvières. C'était la première fois dans l'histoire de leur couple qu'il en arrivait là.

Rencontre avec M. Paul

M. Paul, célibataire, informaticien, louait jusqu'alors un deux-pièces dans le centre-ville. Avec ses économies, il avait décidé d'acheter un appartement, neuf si possible. Après quelques semaines de recherche, il était tombé sur une publicité pour le Mayerling et avait aussitôt réservé un appartement de trois pièces, au troisième étage.

Il aimait le calme, la solitude, et comptait bien jouir dans son nouveau logis d'une parfaite tranquillité.

Mme Camy emménage

Mme Camy, cinquante-cinq ans, avait longtemps vécu seule dans sa maison trop grande et remplie de souvenirs – feu son mari l'avait construite lui-même. Sur le conseil de ses enfants, elle la vendit pour s'installer en ville, et craqua pour un trois-pièces au troisième étage du Mayerling.

D'une politesse exquise, Mme Camy avait des façons datées, charmantes, qu'on aurait crues tirées d'un manuel de maintien des années cinquante. Elle était aussi très pieuse et avait, une fois veuve, songé au couvent.

Comme ses enfants habitaient loin et ne pouvaient se libérer pour son déménagement, elle avait fait appel à une société spécialisée. Quatre gaillards de vingt-cinq ans débarquèrent un jour dans deux camionnettes et commencèrent de tout débarrasser sous la surveillance de Mme Camy, soucieuse que rien ne soit endommagé lors du transport.

Au fil de la journée, une fièvre étrange s'empara d'elle. Ce n'était ni douloureux ni désagréable ; elle se sentait simplement bizarre, comme si elle avait bu.

Elle craignit que les déménageurs s'en soient rendu compte, car ils la regardaient d'un drôle d'air.

Le ballet de ces quatre garçons autour d'elle lui donnait le tournis. La sueur perlait à leur front. Elle se surprit à les trouver jolis.

Vers cinq heures du soir, deux d'entre eux s'en allèrent, laissant les autres finir le travail. Elle leur offrit des boissons fraîches, qu'ils refusèrent. Elle aurait tant voulu leur faire plaisir.

Ils déménagèrent les derniers meubles, sofa, guéridon, commode, faisant des remarques élogieuses sur ce beau mobilier. Flattée, elle leur proposa de s'asseoir avec elle sur le sofa, si moelleux.

Tout fut fini à sept heures. Le troisième déménageur leva le camp, le dernier resta quelques minutes pour signer les papiers.

Mme Camy frissonna d'aise à l'idée d'être seule, chez elle, avec cet homme poisseux qui, toute la journée, avait manipulé ses affaires.

Elle lui proposa d'utiliser la salle de bains toute neuve pour se doucher, mais il répondit d'un air offusqué que ce n'était pas permis par le règlement.

Le rouge vint aux joues de Mme Camy, partagée entre l'envie de se cacher dans les toilettes et celle de continuer, son instinct lui indiquant que monsieur était près de céder et qu'il suffirait d'insister un peu.

NOTE DE BRAQUE

– Je sens qu'elle me plaît, celle-là. Reparlez-m'en vite.

– Promis.

M. Dubois (T4, 80 m^2, quatrième étage) était ravi de son nouvel appartement, jusqu'à ce qu'il tente de garer sa voiture dans son box en sous-sol, place n° 12, à gauche.

M. Dubois aimait les voitures. Il possédait une grosse allemande dont il prenait grand soin – nettoyage chaque semaine, entretien tous les six mois. Il n'aimait rien tant, le dimanche, que faire avec sa femme une virée dans le pays rouviérois.

Descendant pour la première fois la rampe d'accès des garages, il découvrit que celle-ci était bizarrement conçue.

Déjà, quelle bêtise de l'avoir mise sur le boulevard Voltaire où la circulation était la plus dense plutôt que rue Mayerling ! Obligés de ralentir en pleine voie pour manœuvrer, les résidents gênaient le trafic, au risque de se faire emboutir.

Ensuite, la rampe était absurdement étroite. Impossible de se croiser ; si un véhicule venait en face, l'un des deux devrait reculer. Mais surtout, la rampe faisait un coude, d'où une manœuvre difficile où l'on pouvait érafler facilement la carrosserie contre le mur. M. Dubois, qui avait pourtant le compas dans l'œil, crut d'ailleurs que son capot ne passerait pas, et qu'il resterait coincé. Il jura. Sa femme descendit pour le guider ; il s'en tira finalement, mais au prix d'efforts invraisemblables. Descendre dans *son* garage, à force d'avancées minuscules et de reculades incessantes, en tournant le volant comme un fou, lui avait pris cinq minutes.

Ce n'était pas tout. Comme l'allée desservant les garages était elle aussi étroite, il fallut de nouveau manœuvrer prudemment au moment de pénétrer dans le box dont la porte en métal, quand il l'ouvrit, émit un grincement lugubre.

Ce box consistait en un cube obscur, si obscur qu'on n'en voyait pas le fond. On aurait cru le terrier d'une taupe.

– Nous aurions dû réclamer une ampoule, marmonna M. Dubois.

– Ils nous l'ont proposée, répondit Mme Dubois. Tu trouvais que c'était trop cher.

M. Dubois fit la moue puis conduisit la voiture dans le box.

Elle était large de 2,01 mètres, 1,75 quand les rétroviseurs étaient rabattus.

La taille standard d'un box est de 5 mètres de profondeur sur 2,5 mètres de large. Mais au Mayerling, visiblement, on n'avait pas suivi ces normes ; M. Dubois vit tout de suite que son garage était plus petit que la moyenne. La berline serait engoncée dans le garage comme un stylo dans son étui.

M. Dubois avança doucement. Malgré ses précautions, son pare-chocs tamponna légèrement le mur du fond. Il jura de nouveau ; il avait l'impression que ce mur avait avancé brutalement vers lui, pour le surprendre.

Il éteignit les phares, le contact, récupéra sa veste sur le siège arrière, puis ouvrit délicatement la portière.

Elle buta contre le mur.

M. Dubois disposait pour sortir d'un interstice ridiculement petit. Impossible de s'extirper de là, vu sa corpulence.

Il lança un chapelet de jurons, referma la portière, ralluma le moteur et fit marche arrière pour se décaler vers la droite.

Il avança et recula à plusieurs reprises. Les pneus stridulaient sur le béton, bruits atroces qui résonnaient sur les murs nus.

Au bout de cinq minutes, il parvint à la position souhaitée. Le flanc droit du véhicule était à présent plaqué contre le mur droit ; il ne pouvait pas faire mieux. Il rouvrit doucement la portière et, sortant la main, interposa son mouchoir en boule entre la carrosserie et le mur, pour protéger la peinture. Puis, au prix d'un effort immense, il sortit douloureusement de l'habitacle et, pris en étau entre mur et voiture, marcha en crabe jusqu'à l'allée.

Il était écarlate et transpirait.

Comme il avait son mouchoir à la main, il s'épongea le front. Il cria : un minuscule morceau de béton arraché au mur, pris dans le tissu, l'avait griffé.

– Si c'est chaque fois la même comédie pour rentrer la voiture, dit-il, nous la laisserons dehors.

Sa femme, le voyant prêt à exploser, préféra ne rien dire.

– Bon. Allez.

Il voulait en finir, rentrer chez lui où l'attendaient leurs cartons, ne plus penser pour le moment à ce fichu garage. D'un geste auguste, il fit basculer la porte du box pour la fermer.

Elle percuta le pare-chocs.

M. Dubois s'aperçut que, bien qu'entrée à fond dans le box, sa berline débordait à l'arrière d'au moins cinq centimètres.

Carnets du Dr Hampstadt, pédopsychiatre

Reçu ce jour à quinze heures Mme et M. Thuillier et leur fils Lucien, sept ans, qui souffre depuis quelque temps de troubles du sommeil et du comportement.

Cadre familial. Les Thuillier sont un couple ordinaire, plutôt aisé. Lucien est fils unique.

Antécédents. Pas d'antécédents psychiatriques. Lucien a toujours été en excellente santé, à part un peu d'asthme.

Symptômes. Lucien, jusqu'alors calme et attentif, est aujourd'hui dissipé, colérique et capricieux. Il se bat avec ses camarades, dort mal, mouille son lit. Il fait des cauchemars, mais refuse d'en parler. Il lui arrive de se taire pendant plusieurs heures, voire plusieurs jours ; il refuse de communiquer même par gestes. Aussi, il parle une sorte de langage privé, proche du babil d'un bébé.

Je demande à ses parents quel événement récent aurait pu le perturber – crise conjugale, fausse couche (même ignorée de lui), décès d'un proche, etc. Désemparés, ils ne voient pas. Lucien deux mois plus tôt s'était montré si joyeux d'emménager dans leur nouvel appartement.

Pesées

Prise et perte de poids chez M. Flandrin (T5, 5e étage) et Mme Lefebvre (T3, 1er étage) durant leurs premières semaines au Mayerling.

	M. Flandrin	Mme Lefebvre
E (emménagement)	85 kg	52 kg
E + 1 semaine	81 kg	53 kg
E + 2 semaines	79 kg	54 kg
E + 6 semaines	77 kg	57 kg
E + 2 mois	75 kg	60 kg

En boire ou pas

Une fois installés, les Lequennec (T4, 2e étage) voulurent utiliser pour la première fois le robinet de la cuisine. Ils n'en tirèrent qu'un liquide beigeasse et gras, expulsé à jets discontinus avec des bruits disgracieux. On aurait dit que la plomberie était moribonde. M. Lequennec jura ; sa femme le pria de rester calme, prit la relève et obtint, après cinq minutes d'efforts, un maigre filet d'eau à peu près claire.

Elle fut rassurée, mais il n'est pas dit qu'elle en aurait bu.

Feu chez Mme Camy

(– Ah ! dit Braque.

– Je vous l'avais promis.)

Mme Camy ne se sentait plus. Un feu la dévorait.

Cela commençait au réveil ; elle s'étirait dans ses draps chauds et, somnolente, pensait à des hommes. Devant la glace de sa salle de bains, elle se demandait si elle était séduisante. Fallait-il changer de coiffure ? Elle, si sévère, austère même, se mit à lâcher ses cheveux, à passer sans cesse la main dedans pour jeter ses mèches derrière l'oreille, comme une jeune fille. Quelques jours plus tôt, elle eût trouvé ce geste ridicule.

Elle ne comprenait pas ce qui lui arrivait. Crise de la cinquantaine à retardement ? Elle songea à consulter son docteur, puis se ravisa. Que lui aurait-elle dit ? « Docteur, je reverdis. J'ai envie de séduire, je regarde les hommes. – Eh bien, profitez-en, Madame. » Peut-être le bon docteur, veuf aussi, y aurait-il vu le début d'une avance.

Mme Camy refit sa garde-robe. Elle acheta des jupes courtes, des pantalons serrés. Dans les magasins, sous l'œil amusé des jeunes vendeuses, elle tournait sur elle-même devant les miroirs pour admirer ses formes. Elle fréquentait à présent des boutiques où elle n'aurait pas mis un pied jadis, avec de la musique à fond et des adolescentes qui pouffaient dans son dos. Elle ne voulait plus des jupes longues, des gilets de laine, des chemisiers de soie qu'elle achetait auparavant dans des boutiques guindées. En même temps, elle avait honte des dentelles, des hauts aguicheurs, des tissus criards qui lui faisaient envie maintenant.

Déchirée de l'intérieur, elle avait l'impression qu'une nouvelle Mme Camy germinait sous l'ancienne, à la façon d'un serpent en mue. Elle devenait chaque jour différente, tout en cohabitant avec l'ancienne ; ce duel quotidien avec elle-même était épuisant pour les nerfs.

MAMAN REND VISITE

Annie Chopard et son mari André avaient acheté sur plans un beau trois-pièces au quatrième étage. Mme Chopard y passerait la plupart du temps seule car son mari, ingénieur, voyageait beaucoup – trois semaines sur quatre en moyenne. Les Chopard étaient habitués à cette vie conjugale à éclipses et Mme Chopard, qui travaillait comme secrétaire, n'y trouvait pas d'inconvénients.

Il était dit cependant qu'elle ne serait pas seule dans son appartement, où des fantômes lui tiendraient compagnie.

Le premier d'entre eux se manifesta quinze jours après qu'ils eurent emménagé. M. Chopard venait de repartir en voyage. Une nuit, Mme Chopard fut réveillée par des murmures. Elle crut d'abord que c'était une fête chez les voisins du dessus, puis elle se rendit compte que ça venait de chez elle – du salon. Un chat, peut-être, entré par une fenêtre laissée ouverte ? Elle se leva, enfila ses pantoufles et, silencieusement, traversa le couloir. Elle n'avait pas peur ; dénuée d'imagination, elle ne pensait pas que ce pût être un cambrioleur, ou qu'il pût y avoir du danger.

Au salon, elle actionna l'interrupteur.

Sa mère lui faisait face, assise dans le fauteuil.

Sa mère enterrée huit ans plus tôt.

Le temps qu'Annie se frotte les yeux, ce spectre avait disparu.

BRUITAGES

Dès sa première nuit sur place, M. Paul fut réveillé par des bruits sourds, rapides, discontinus. M. Paul, qui n'avait jamais été confronté jusqu'alors au problème du bruit dans l'habitat collectif, ne comprit pas tout de suite que ces battements provenaient de l'étage du dessus, qu'il s'agissait simplement de son voisin, pieds nus, faisant les cent pas.

Le lendemain, M. Paul entendit des craquements, des grincements, des coups, des percussions et de nombreux éclats de voix. Cela dura toute la journée, et tard dans la soirée ; *idem* le lendemain, et tous les jours suivants. Il y avait parfois des pauses, des moments de silence ; mais le bruit recommençait toujours.

Il songea que ce n'était pas grave, qu'il s'habituerait et que, d'ici peu de jours, quelques semaines au plus, il ne se rendrait plus compte de rien.

Retour de Vincent Lemoine

Sitôt arrivé chez ses parents, Vincent s'interrogea sur la querelle qui l'avait conduit là, et la trouva ridicule. Comment Valérie et lui avaient-ils pu s'emporter ainsi ? C'était, sans doute, la fatigue du déménagement, les démarches qui les avaient occupés ces derniers mois, le bouleversement dans leur vie.

Trouvant la situation absurde, il repartit dès le lendemain pour Rouvières, afin de se réconcilier avec Valérie.

Sur le chemin du retour, il pensa longuement à elle. Oui, elle était têtue, caractérielle, pénible. Mais quoi ? Il était fier en même temps de ce caractère impossible, de la personnalité volcanique de sa femme.

Il atteignit Rouvières à cinq heures du soir dans les meilleures dispositions, gonflé d'amour et de tendresse pour celle qu'il voulait trucider la veille. Il comptait sur le fait qu'elle se serait calmée elle aussi, et se projetait en pensée le film de leurs retrouvailles imminentes, qui seraient torrides.

Pourtant, au fur et à mesure qu'il approchait de chez eux, il sentit ses résolutions faiblir, son ventre se nouer, et sa colère resurgir. Son désir pour elle disparut ; il retrouva son état d'esprit de la veille, au pic de leur querelle.

Arrivé dans le hall du Mayerling, il était de nouveau plein de haine et de ressentiment, prêt à reprendre la dispute, et à la continuer toute la nuit.

Son œil tomba sur les boîtes aux lettres. Lisant sur la sienne leurs prénoms accolés, il eut l'impression de voir une affiche pour un combat de boxe :

« Vincent Lemoine *vs* Valérie Lemoine »

Il prit l'ascenseur et monta, prêt à en découdre.

Las ! Elle n'était pas là. Enfuie elle aussi. Mais elle avait, par vengeance, déchiré ses albums de timbres, brisé tous ses disques en morceaux, gravé une injure dans le bois de son bureau et déchiré la photo d'eux enlacés qui, depuis tant d'années, trônait sur sa table de nuit comme un objet sacré.

Carnets du Dr Hampstadt

L'état de Lucien empire. À présent, il mord tout le monde. L'école l'a renvoyé provisoirement. Mme Thuillier voudrait lui administrer des sédatifs. Je prescris plutôt des tisanes, des douches, beaucoup d'exercice, et j'avance la date du prochain rendez-vous.

L'eau des Lequennec

Les Lequennec se battaient toujours avec leur tuyauterie. Le problème qu'ils avaient cru réglé était réapparu tout de suite : de tous les robinets – cuisine, salle de bains, robinet extérieur sur le balcon – coulait une eau qui méritait à peine ce nom, un sirop brunâtre et gras, tel du pétrole, dont émanait une odeur âcre. Les Lequennec firent venir un plombier qui, dès qu'il toucha un robinet, obtint comme par miracle un superbe jet d'eau claire, abondant et régulier. Les Lequennec l'assurèrent qu'avec eux, ça ne marchait pas ; ils regrettèrent de n'avoir pas conservé un échantillon de liquide coloré, à titre de preuve. Le plombier haussa les épaules et répondit que c'était normal, « dans un immeuble neuf, il faut le temps que la machine se mette en route ». Il promit qu'il n'y aurait plus de problèmes, et partit en laissant les Lequennec à demi rassurés.

Effluves

Voici maintenant Mme Meunier, soixante ans, propriétaire d'un trois-pièces au rez-de-chaussée. La pauvre n'a pas attendu d'habiter le Mayerling pour dérailler : depuis des années, elle multiplie les séjours à l'asile. Personnalité fragile, torturée, dont le Mayerling n'a fait qu'une bouchée.

Au-dessus de chez elle vivent les Compère. Peu

après leur emménagement, les Compère furent dérangés par des odeurs suspectes. Ils crurent que c'était les canalisations, mais le plombier ne trouva rien qui clochât. Au bout de quelque temps, ils s'avisèrent que l'odeur venait d'en dessous – de chez Mme Meunier, leur voisine. Dieu sait ce qu'elle trafiquait, qui puait tant.

M. Compère descendit dix, vingt, trente fois sonner chez elle. Mais elle n'ouvrait jamais.

JOURNAL DES GARAGES

Des flaques graisseuses apparurent dans le box n° 14 (M. Boisselier). Poisseuse, gluante, cette matière étrange collait aux semelles et se répandait partout.

*

M. Brides (T5, quatrième étage) eut un jour la surprise de trouver son box ouvert. Il le fermait pourtant soigneusement chaque fois. Il crut que sa femme se servait de la voiture en son absence, mais elle jura que non. M. Brides, perplexe, en déduisit que c'était le fait d'un plaisantin. Heureusement, la voiture était intacte. Quand même, il s'informa sur le coût d'un changement de serrure.

*

Une poutre en métal traverse le box n° 7 de M. Flandrin, diminuant de quarante centimètres la hauteur sous plafond. M. Flandrin peut garer la voiture mais il lui faut prendre garde en sortant du box de se plier en deux, afin de ne pas cogner la poutre. Pressé, il n'y pense pas toujours – cinq points de suture.

*

Dans le box n° 6 (M. et Mme Lefebvre), un poteau carré en plein milieu empêche de ranger la voiture.

Exaspération de M. Paul

Le bruit de ses voisins devint une obsession pour M. Paul. Tendu, inquiet, les yeux fixés au plafond blanc, il suivait leurs déplacements à l'oreille. De temps en temps, un bruit plus violent le faisait sursauter. On aurait cru que, perchés sur une chaise, ils se jetaient à pieds joints sur le sol, pour faire trembler la dalle. M. Paul, en fait, s'en persuada. Il se mit à croire que, par mille petites manœuvres, ses voisins s'ingéniaient à lui rendre la vie impossible, tirant des chaises pour que les grincements affreux des pieds lui fassent serrer les dents, claquant l'embout de l'aspirateur contre les plinthes, riant très fort, marchant sans cesse, cavalant, trépignant. Combien pesaient-ils, pour que leur pas fût si lourd – cent, deux cents kilos ? Comment les os des talons n'explosaient-ils pas ? Ils claquaient aussi les portes, incapables de retenue. M. Paul comptait ces claquements. Quand il en entendait un, il attendait le suivant, anxieux et impatient.

Un autre que lui leur eût rendu visite, pour réclamer du calme. Mais il était timide. Sans cesse importuné par eux, il redoutait de les déranger.

Un soir, pourtant il s'y résolut, car ils avaient organisé une fête.

LES FÊTES

« La fête, déclare Braque, est le fléau de l'habitat collectif. Un imbécile, au dernier étage, reçoit ses amis imbéciles. Ils passent des musiques imbéciles, tiennent des conversations imbéciles et font profiter l'immeuble entier de la folle ambiance imbécile qui règne chez eux. Dans toutes les villes, toutes les nuits, surtout le week-end (le jeudi dans les villes étudiantes, veille du week-end), le tapage est général. Les patrouilles de police, trop peu nombreuses, répondent aux appels des voisins excédés au hasard. Elles vont et viennent dans les divers quartiers, pour interrompre à chaque fois la même comédie : une vingtaine de couillons sont agglutinés dans un studio, éméchés et rigolards, cependant qu'au-dessus et à côté les voisins enragent, à bout de nerfs, prêts à tuer. »

La fête, donc. Dès huit heures, M. Paul crut, d'après les rires, les cris, les objets tombés par terre, qu'une armée de soudards avait pris possession de l'appartement du dessus. Tout de suite il eut l'impression que ces fêtards étaient ligués contre lui, venus spécialement pour le tourmenter, que c'était le but de leur réunion. Oui : *ils le faisaient exprès*. Une bouteille roulait-elle au sol ? C'était exprès. Des coups de pied contre un mur ? Exprès. La musique trop forte ? Exprès.

M. Paul tint bon jusqu'à onze heures ; la fête alors lui parut diminuer d'intensité ; mais non : à onzc heures vingt, tout repartit de plus belle. Il sentait son cœur se serrer à mesure qu'approchait minuit, heure limite du tolérable dans son esprit ; au-delà, il considérait que sa nuit serait fichue.

Il avait envie de sauter par la fenêtre. Si les fous du dessus apprenaient le lendemain qu'il s'était suicidé à cause d'eux, comme ils se sentiraient coupables ! Mais non : ces crétins n'étaient pas capables d'un sentiment noble.

Finalement, à minuit, il rassembla son courage et monta.

La cage d'escalier exiguë, sa lumière maladive, la réverbération du son sur le béton nu lui donnèrent la nausée. Il monta comme il serait allé à l'échafaud, à la fois pressé de dire leur fait aux gêneurs, et angoissé à l'idée de les contrarier.

Il atteignit le palier, se planta devant la porte. Une porte comme la sienne, avec un judas. Il entendait, derrière, les éclats de rire. Y a-t-il rien de plus bête que le rire de quelqu'un qu'on ne voit pas, dont on ignore pourquoi il rit ? Rien qui donne plus envie de tuer ?

Il sonna.

Pas de réponse.

Sonna de nouveau.

Toujours rien.

Se moquait-on de lui ? Il les imagina derrière la porte, pouffant comme des collégiens, ravis de l'avoir poussé à bout, défilant devant le judas pour admirer sa mine déconfite, ses yeux rougis. Oui, ils riaient de lui.

Ce délire de persécution le fit enrager ; il tambourina férocement. Alors la musique baissa, et on ouvrit enfin.

M. Paul se trouva nez à nez avec un garçon hirsute de vingt ans, pieds nus, dépoitraillé. On entendait des chuchotis derrière lui, des ricanements, du bruit de vaisselle.

M. Paul perdit alors sa belle contenance, et sentit refluer sa colère. Sa timidité reprit le dessus. Il aurait voulu tenir son ennemi en respect par le regard, l'humilier, le forcer à se confondre en excuses, qu'il expulse sur-le-champ les invités, quitte à les passer par le balcon. Mais non : d'une voix mal assurée, M. Paul s'excusa de sonner si tard – il s'excusait, lui ! –, parce qu'il y avait, n'est-ce pas, un peu de bruit qui l'empêchait de dormir ; aussi, si l'on pouvait faire attention, etc. Tout cela d'un ton doux, presque amical.

Le garçon considéra M. Paul avec surprise. Difficile de dire s'il le prenait de haut, s'il tournait dans sa tête un mot de regrets, ou s'il était saoul. Enfin il déclara : « D'accord. On va essayer. »

Sur quoi il referma la porte. La minuterie du plafonnier s'éteignit, plongeant le palier dans le noir.

M. Paul redescendit, mécontent et pessimiste.

La fête continua jusqu'à l'aube. M. Paul aurait eu motif à remonter deux fois, dix fois. Mais, recroquevillé dans son lit, il se contenta de tirer le drap sur sa tête.

Le voisin, aussi, n'avait pas promis de faire moins de bruit, mais d'essayer.

Bibliothèque immobilière

Le Locataire chimérique. Célèbre roman de Roland Topor (1964) adapté par Roman Polanski (1976), et qui rappelle les mésaventures de M. Paul.

Un quidam loue un appartement dans un immeuble de la rue des Pyrénées. La précédente locataire s'est jetée par la fenêtre. Bientôt, il est harcelé par ses voisins qui le trouvent trop bruyant. Horrifié à l'idée de déplaire, il renonce à recevoir, s'efforce de devenir discret, presque invisible. « À aucun moment de sa vie en appartement, il n'oubliait qu'il y avait précisément quelqu'un en haut, quelqu'un en bas, et d'autres sur les côtés. »

Oppressant, paranoïaque, ce roman mélange un argument fantastique avec une satire de l'habitat-prison, où chacun surveille les autres et récrimine. Comme il est impossible, dans ces immeubles mal insonorisés où l'on s'entasse à la verticale, de ne déranger personne, on devient tous un peu fous.

Œnophilie

M. Dubois, l'amateur de voitures, aimait aussi le bon vin. Il possédait 200 bouteilles, entreposées dans sa cave dans des casiers en terre cuite.

Quinze jours après leur installation, les Dubois reçurent à dîner. M. Dubois monta deux bouteilles, un côtes-de-bourg blanc pour l'entrée et un lalande-de-pomerol pour le plat. Or, une fois débouchées, stupeur : imbuvables toutes les deux ! Le côtes-de-bourg avait le goût de vomi, le pomerol une odeur d'étron.

M. Dubois descendit chercher deux autres bouteilles. Hélas, sitôt ouvertes, sa narine exercée l'avertit d'un nouveau problème. Il goûta. Infects.

Quatre flacons, quatre échecs. M. Dubois était humilié.

Il découvrit le lendemain, en testant d'autres bouteilles, que sa cave était à jeter ; tout était devenu piquette, vinaigre, javel, y compris les vins les plus chers, les plus prestigieux. Ivre de rage, si j'ose dire, il fracassa plusieurs dizaines de bouteilles contre le mur, jusqu'à ce que les vapeurs d'alcool lui tournent la tête et que l'odeur immonde lui soulève l'estomac.

NOUVELLES PESÉES

	M. Flandrin	Mme Lefebvre
E + 5 mois	69 kg	64 kg
E + 6 mois	68 kg	66 kg
E + 7 mois	68 kg	67 kg
E + 8 mois	64 kg	70 kg
E + 9 mois	60 kg	72,5 kg

SORTIES NOCTURNES

Mme Camy, qui si longtemps s'était couchée de bonne heure, sortait désormais tous les soirs. Elle allait au cinéma, à la séance de dix heures, chaussée pour l'occasion de talons hauts ressortis du placard. Peu importait le film. Arrivée à l'avance, pour choisir sa place, elle s'asseyait au fond près de la porte, et attendait les hommes seuls. Elle changeait ensuite de fauteuil pour s'installer près d'eux, en vue de se faire remarquer.

La plupart du temps, elle échouait à séduire et rentrait seule. Mais quand même, plusieurs fois, elle avait réussi ; ses cibles, après le film, l'approchaient, l'emmenaient boire un verre, et parfois l'embrassaient à la fin.

Elle n'avait jusqu'à présent pas osé aller plus loin. De retour chez elle, elle fondait en larmes, se pinçait, se griffait aux bras, aux cuisses, pour se punir ; puis elle arrêtait et sanglotait de plus belle, car ces griffures même étaient du plaisir.

Eaux usées

La plomberie des Lequennec n'avait pas dit son dernier mot. Les toilettes maintenant leur jouaient des tours. L'évacuation se bouchait sans cesse ; au lieu d'être emportées sans retour vers les profondeurs de l'immeuble, leurs eaux usées bouillonnaient dans la cuvette, montant puis descendant, façon bouillabaisse, ce qu'ils n'avaient pas envie de voir affleurant à la surface. M. Lequennec essaya tous les remèdes – produits chimiques, ventouse, furet, gros sel, vinaigre blanc, bicarbonate de soude –, obtenant, parfois, des résultats incertains. Le lendemain ou le surlendemain, hélas, tout recommençait. C'était au point que les Lequennec, au moment d'utiliser leurs toilettes, étaient gagnés par l'angoisse, pensant par avance à ce qui arriverait quand ils actionneraient la chasse d'eau.

Ils firent appel à un nouveau plombier – le troisième. L'homme de l'art démonta tout, nettoya tout, une après-midi durant, sans rien trouver qui clochât ; il repartit en disant que tout était en ordre et envoya une facture salée, ce qui fit dire à M. Lequennec que le moindre de leurs étrons leur coûtait la peau des fesses.

Le pauvre n'était pas au bout de ses peines.

Les évacuations se mirent à glouglouter la nuit, à n'importe quelle heure, tirant les Lequennec du sommeil. On aurait dit que la baignoire, l'évier et les toilettes avaient une vie nocturne, et qu'ils communiquaient entre eux. Cela durait cinq, dix minutes, puis tout s'apaisait. Les Lequennec, terrés dans leur lit, se rendormaient ; mais souvent, un deuxième sabbat avait lieu quelques heures plus tard.

Une fois, ils furent réveillés vers quatre heures par un bruit d'aspiration énorme, comme une hélice de gros-porteur. M. Lequennec sortit du lit en catastrophe ; son pied nu se posa sur une flaque d'eau. Il alluma sa lampe de chevet et vit qu'une mare gigantesque recouvrait le plancher, dont il ne devinait hélas que trop bien la provenance.

Crémaillère des Lemoine

Les Lemoine faisaient à présent chambre à part ; Valérie dormait sur le canapé, Vincent vivait reclus dans la chambre à coucher, passant son temps à regarder des films.

Leurs amis se plaignirent qu'ils n'aient pas encore pendu la crémaillère.

(« Expression absurde, souligne Braque, vu qu'il n'y a plus de cheminées. »)

Valérie, soucieuse de donner le change, organisa donc un dîner et, déboulant dans la chambre de Vincent, le prévint qu'il avait intérêt à faire bonne figure. Vincent opina, sans répondre – il était devenu mutique, pour ne pas risquer le mot mal choisi qui relancerait la guerre. Satisfaite, Valérie tourna les talons et claqua la porte derrière elle – elle avait un besoin irrépressible, après l'avoir vu, ou même l'avoir simplement croisé dans le couloir, d'exprimer l'agacement qu'il lui inspirait.

Elle s'occupa de tout – invitations, menu, plan de table. Vincent, rôdant dans l'appartement, la regardait s'agiter ; il fallait, songeait-il, qu'ils se réhabituent l'un à l'autre, puisqu'il faudrait bien faire semblant le jour J de s'entendre à merveille et d'être heureux.

Valérie avait convié 1° les Fugain-Remédier, vieux amis ; 2° les Couzinet, rencontrés à la salle de sport ; 3° les Fellaghi-Montmazin, amis des Fugain-Remédier devenus amis des Lemoine ; 4° Cécile Chabret, collègue de Valérie, vieille fille.

Le dîner fut une catastrophe inoubliable.

En accéléré : Julien Fellaghi fit une plaisanterie maladroite sur les amours malheureuses de Cécile Chabret. Émilie, la femme de Julien, le lui reprocha. Il prit la mouche et répliqua méchamment. Jean Couzinet s'en mêla ; Émilie le pria de s'occuper de ses oignons. Anne Couzinet prit la défense de Jean, trop heureuse de voler dans les plumes d'Émilie qui l'agaçait. De leur côté, les Fugain-Remédier se disputèrent entre eux à propos d'un sujet domestique.

Réjane Remédier fondit alors en larmes ; Valérie la conduisit à la salle de bains tandis que Julien Fellaghi et Stéphane Fugain échangeaient des vues sur la façon de parler aux femmes.

Revenue de la salle de bains, Valérie houspilla Vincent qui restait sans rien faire au lieu de servir l'entrée. Vexé, Vincent se retira dans sa chambre.

Entrée. Personne n'osait plus parler, par crainte du dérapage. Ils avaient la sensation de ne plus s'appartenir, et l'envie irrésistible de se quereller. Chacun tournait dans sa tête une pique contre le voisin, pour relancer la polémique. Par miracle, on tint bon jusqu'au rôti.

Plat. Voyant les haricots du rôti, Julien Fellaghi se plaignit en riant qu'il détestait ce légume. Cette plaisanterie ralluma la mèche. Vincent, revenu d'exil, affirma que Valérie l'avait fait exprès. La réaction de cette dernière ne se fit pas attendre, qui surprit toute la table : elle jeta son verre au visage de Vincent. Du vin gicla sur le pantalon de Julien Fellaghi, qui le prit pour lui. Il trouva la salière et la lança sur Valérie, sans l'atteindre. Anne Couzinet lui donna par réflexe une bourrade à l'épaule, qui lui valut une gifle en retour. Cécile Chabret se mit à sangloter.

Jean Couzinet se sentit tenu d'empoigner Julien Fellaghi qui venait de gifler sa femme. Les deux hommes se bousculèrent, faisant valser la vaisselle. Julien, chétif, se réfugia dans l'entrée où le rejoignit sa femme ; tous deux partirent en claquant la porte.

Vincent crut bon de lancer sur un ton narquois : « Quelqu'un veut-il se battre avec moi ? »

Valérie lui jeta une fourchette.

« Il vaut mieux qu'on s'en aille », déclara Anne Couzinet. Elle et son mari levèrent le camp ; les Fugain-Remédier attendirent avant de les suivre, pour n'être pas obligés de partager l'ascenseur.

En sortant, les Fugain-Remédier tombèrent sur M. Paul, le voisin, venu se plaindre du bruit.

Restée seule avec les Lemoine, Cécile Chabret pleurnichait toujours. Valérie lui ordonna de déguerpir. La pauvre, bouleversée, partit sans sa veste, restée sur le portemanteau ; Valérie s'en aperçut et jeta la veste par le balcon.

Enfin, seule avec Vincent, ou plutôt face à lui, elle se demanda ce qui la retenait de le tuer.

Commentaire

– Amusant, comme soirée, dit Braque. Cela donnerait une jolie scène au cinéma.

– J'ai plusieurs témoignages comparables. Apparemment, tous les dîners et réceptions donnés au Mayerling ont dégénéré de la même façon. Très vite, les copropriétaires n'ont plus osé inviter qui que ce soit.

– De toute façon, ils n'avaient plus d'amis.

Le courrier

M. Durandat (T4, 3e étage) n'avait jamais réussi à prendre le facteur sur le fait, pour se plaindre qu'il mélangeait systématiquement les lettres. On aurait cru qu'il les fourrait au hasard dans les boîtes. Sur trois lettres reçues chaque jour en moyenne, une au moins n'était pas pour lui. M. Durandat supposait qu'une partie de son courrier échouait du coup dans les boîtes de ses voisins, et il avait la faiblesse d'espérer qu'ils prenaient, comme lui, la peine de le lui rendre, même si certains, comme les étudiants du quatrième qu'il avait dans le collimateur à cause du bruit, se contentaient sûrement de le jeter à la poubelle. Il eût été plus simple au fond d'installer une panière dans le hall pour que le facteur y déverse le courrier en vrac, et que chacun cherche le sien.

De tels inconvénients n'existaient pas jadis, songeait M. Durandat, du temps des concierges qui s'occupaient du courrier. Il paraît qu'un concierge aujourd'hui coûte trop cher. Vu les charges dans les immeubles qui n'en ont plus, on se demande où vont les économies.

Un jour, M. Durandat descendit au courrier vers midi. Deux lettres. Il les fourra dans sa poche puis poussa nonchalamment la porte vitrée qui séparait les boîtes du hall d'entrée, en regardant le nom des expéditeurs sur les enveloppes.

Il entendit un bruit sourd, puis un cri.

Une fillette de quatre ou cinq ans, tombée par terre, cachait son visage dans ses mains. Il lui avait poussé la porte dans la figure ; elle hurlait.

M. Durandat se précipita, affolé. Une autre fillette du même âge apparut, puis deux femmes qu'il avait déjà vues.

– Je suis désolé, dit-il, désolé.

Les femmes se penchèrent sur la gamine.

M. Durandat s'approcha, répétant qu'il était désolé.

Il s'attendait à se voir répondre que ce n'était rien, et fut donc fort surpris que l'une des deux glapisse :

– Vous ne pouviez pas faire attention ?

Pris de court, il ne trouva rien à dire.

– Vous frappez souvent les enfants ?

– Mais non ! protesta-t-il.

– Vous l'avez bousculée.

– Oui, mais…

– Exprès.

M. Durandat n'en crut pas ses oreilles. Les deux femmes le dévisageaient méchamment ; la petite, perchée maintenant dans les bras de sa mère, reniflait.

– Mais non, c'est un accident stupide, voilà tout.

Il fit un pas de côté pour les laisser passer, elles et leurs gamines. Il se sentait honteux, bien qu'il n'eût rien fait de mal. Il aurait voulu protester, se défendre, mais il demeura longuement sans bouger dans le hall, hagard.

Mme Chopard ne parla de ses visions à personne, surtout pas à son mari qui, rationaliste jusqu'au bout des ongles, ne l'aurait pas crue. Elle se dit qu'elle avait rêvé, que cette hallucination était due à la fatigue du déménagement, que ce n'était pas bien grave. Du reste, cela ne lui arriva plus les jours suivants, et elle finit par oublier l'incident.

Trois semaines plus tard cependant, après qu'André fut revenu pour un week-end éclair et reparti, elle fit une nouvelle expérience bizarre. Elle entendit autour d'elle des cris d'enfants, des chuchotements, des rires. Elle crut que les gosses des voisins jouaient dans le parc mais, jetant un œil à la fenêtre, elle ne vit personne – le parc, étendue boueuse où ne poussait pas un brin d'herbe, n'était de toute façon pas propice aux jeux d'enfants. Mme Chopard haussa les épaules, et sortit pour se changer les idées.

Elle rentra vers huit heures. Quand elle ouvrit la porte de sa chambre, elle trouva sur son lit une très jeune fille, douze ans peut-être, étendue sur le flanc, endormie. Ses longs cheveux noirs couvraient son visage ; elle portait un gilet bleu, un pantalon blanc et, détail curieux, elle n'avait qu'une sandale – l'autre pied était nu. Mme Chopard fut davantage surprise, sur le coup, par ce pied nu – où était la sandale ? – que par la présence chez elle de cette fillette.

Cette fois encore elle n'eut pas peur ; elle était abasourdie, désorientée, mais c'est tout. Une autre qu'elle se fût ruée à la cuisine pour saisir un couteau, ou chez un voisin, pour téléphoner à la police ; Mme Chopard, elle, s'approcha simplement de l'intruse, et lui toucha le bras pour la réveiller.

La fille secoua la tête, et gémit un peu. Puis elle porta la main à ses cheveux pour dégager son visage.

Dans la demi-pénombre, Mme Chopard découvrit avec effroi qu'elle avait deux trous noirs à la place des yeux.

Alors, enfin, son cœur s'émut ; épouvantée, elle hurla, puis recula. La fille, imperturbable, se leva et passa devant elle sans bruit, avec son pied nu ; elle disparut dans le couloir, cependant que Mme Chopard, collée au mur, n'osait pas bouger.

Au bout d'un moment qui lui parut long mais qui n'avait duré peut-être qu'une minute, n'entendant plus rien, Mme Chopard sortit à son tour. La fille n'était plus là. Volatilisée.

Mme Chopard tomba à genoux, sous le choc. Plus question, cette fois, de prétendre que ce n'était pas grave.

Mme Meunier, enfin

Mme Compère, par miracle, finit par croiser dans le hall leur voisine du dessous.

Mme Meunier était une vieille femme maigre, aux cheveux sales. Sa voix chevrotait.

– Je suis Mme Compère. Votre voisine du dessus.

Voici des jours que mon mari cherche à vous rencontrer.

Mme Meunier ne répondit rien.

– Il y a des… des odeurs. Venues de chez vous.

Le visage de la vieille se ferma.

– Je ne vous accuse pas, bien sûr. Mais accepteriez-vous que mon mari vous rende visite pour, euh, inspecter vos canalisations ?

– Mon fils n'est pas là.

– Peu importe. Ça ne prendra qu'une minute.

Air suspicieux.

– Ce soir ?

Silence.

– Huit heures ?

– Oui.

– Merci.

Mais Mme Meunier ne répondit pas ce soir-là aux coups de sonnette de M. Compère, ni les jours suivants.

Bouchons d'oreilles

Les voisins de M. Paul, qui lui polluaient la vie, étaient étudiants. Deux garçons et une fille, logés ensemble dans un trois-pièces identique au sien.

M. Paul se souvenait précisément de l'argumentaire de CFR. Selon l'agent commercial, l'absence de studios dans la copropriété (les plus petits appartements comptaient deux pièces) était une garantie de tranquillité, puisqu'elle excluait *de facto* les étudiants, abonnés aux studios. M. Paul n'avait pas songé alors que si un étudiant seul loue un studio, trois étudiants associés peuvent louer un trois-pièces, ce qui est pire pour le voisinage que l'étudiant seul. L'étudiant seul a dix amis, les trois réunis en ont trente. Le studio de l'étudiant seul, qui lui sert de chambre et de bureau, est trop petit pour organiser des fêtes ; les trois réunis au contraire peuvent recevoir sans compter, y compris leurs amis logés en studio qui, eux, ne reçoivent pas.

Et c'est ainsi que la garantie de calme se transformait en certitude de festivités ininterrompues.

Le plus infernal, c'est qu'ils ne baissaient jamais la garde. À eux trois, ils assuraient une présence permanente à domicile, jour et nuit, sans jamais cesser de s'agiter. Les garçons étaient-ils dehors ? La fille passait l'aspirateur, déplaçait des meubles, poussait la musique à fond. La fille sortait-elle ? Les garçons rentrés hurlaient, dansaient, se défoulaient comme des brutes.

Comment peut-on être si bête, se demandait souvent M. Paul ? Il les voyait en pensée, hirsutes, crétins, oisifs. Jusqu'à quand mèneraient-ils la belle vie au-dessus de sa tête ? Qui payait leur loyer ? Il frissonnait à l'idée que cet enfer pût durer toujours.

M. Paul pouvait sortir, chercher un lieu calme pour se reposer. Mais il ne voulait pas ; il était chez lui. Au nom de quoi abandonner la place aux envahisseurs ?

Obsédé par le bruit, il comptait et classait les cliquetis, les grincements, les raclements. Il spéculait sur la forme des talons, la dureté des semelles qui provoquaient ce raffut. Il donnait des notes aux portes qui claquaient, de 1 (mou) à 5 (violent). Leur porte-fenêtre grinçait sur ses gonds comme un couvercle de cercueil au cinéma ; il l'entendait depuis chez lui comme si c'était la sienne, qui grinçait d'ailleurs aussi. Alors, quand ils ouvraient la leur, il se précipitait pour ouvrir la sienne, espérant les gêner, comme ils le gênaient.

Il aurait voulu faire autant de bruit qu'eux, rendre coup pour coup. De temps en temps, il se lançait dans un concert – son mot –, cognant sur les radiateurs avec une fourchette, sifflant, beuglant, chantant. Il aurait voulu les voir à travers son plafond, pour se déchaîner au meilleur moment – pendant leur sieste, ou quand ils travaillaient, si cela leur arrivait. À défaut, il tambourinait au hasard, espérant tomber juste.

Quand il était bien défoulé, il tendait l'oreille. S'il y avait du silence, il triomphait, croyant les avoir anéantis ; il les imaginait terrés sous leur lit, les mains sur les oreilles, suppliant qu'il s'arrête, comme lui se bouchait les oreilles pendant leurs fêtes, priant pour qu'ils cessent.

Il devenait un peu fou.

Le soir, avant de se coucher, il s'enfonçait des bouchons de cire dans les oreilles. Il n'entendait plus alors que les battements de son cœur, comme s'il était branché sur l'intérieur de son corps.

Lui qui était déjà bien solitaire se coupait à présent tout à fait du monde, avec ses bouchons. Il vivait dans une bulle, littéralement.

Il eut bientôt des irritations dans les oreilles, à force d'y enfoncer toujours plus loin ses bouchons de cire qui brutalisaient le cartilage et blessaient les tissus.

MUSIQUE

L'avantage des cloisons très fines dans les immeubles modernes, c'est qu'on a deux discothèques pour le prix d'une : la sienne et celle du voisin. Hélas, jamais deux voisins n'ont les mêmes goûts, ni l'envie d'écouter leur musique au même moment.

Voyez M. Boisselier (T4, 2e étage) qui aime Schubert, Liszt et Mozart ; son voisin, M. Duharmont, préfère le rap et la techno, impossible de s'entendre, dans tous les sens du mot.

M. Boisselier descendit cent fois chez M. Duharmont, pour le prier de baisser le volume. Il écrivit au syndic en vue d'un rappel à l'ordre qui ne vint jamais, ainsi qu'au propriétaire de M. Duharmont pour qu'il le sermonne. D'autres voisins se joignirent à ces requêtes, sans succès. M. Duharmont, imperturbable, recréait dans son deux-pièces l'ambiance d'un night-club tropézien.

De telles mœurs, selon M. Boisselier, dénotaient une intelligence diminuée jusqu'aux frontières de l'animalité.

Commentaire

– Ça me rappelle un immeuble de la rue P***, dit Braque. Quatre étages, vingt appartements tous peuplés de mélomanes dans le genre de ce Duharmont qui font hurler leurs enceintes, fenêtres ouvertes. Du dehors, c'est un spectacle ; on ne sait où donner de la tête. Premier étage gauche, musique électronique. Deuxième droite, hard rock. Quatrième, musique orientale. Tout se couvre, se chevauche, c'est une cacophonie, c'est l'enfer. On se demande s'ils s'en rendent compte ; si c'est une résidence pour sourds ; si chacun pousse le volume pour couvrir la musique du voisin.

Continuation du même sujet

M. Boisselier notait dans un cahier ce qu'écoutait M. Duharmont. Voici un extrait de ce document, qui servira de preuve le jour où, comme il convient, on passera cet homme en procès avant de lui couper la tête – ou les oreilles –, comme à tous les nuisibles de son espèce.

« *Lundi 8 mars*, 20 h 30. Variété française.

Mardi 9 mars. 7 h. Techno. Mon bibelot de faïence tremblote sur le guéridon. 14 h. Techno. J'ignore si c'est le même morceau ou un autre, ils se ressemblent tous.

Mercredi 10 mars. 9 h. Rap. Bien que le chanteur articule mal, je comprends les paroles.

Jeudi 11 mars. 20 h. À nouveau du rap. Excédé, je vais sonner. D'habitude, D. n'entend pas la sonnette, ou feint de ne pas l'entendre, mais cette fois, il ouvre. Il s'excuse vaguement, coupe le son. 23 h. Il rallume. Assez fort pour m'empêcher de dormir, pas assez pour que je me déplace. Gros malin.

Vendredi 12 mars. 9 h. Techno, puis rock. J'ai parfois l'impression que ces bruits ignobles, pour lui, sont une drogue. Il lui faut sa dose. C'est pourquoi mes interventions, et celles des voisins, sont vaines : quoi qu'il arrive, il s'intoxiquera. »

Dans le même cahier, ces notes :

« L'habitat collectif est incompatible avec les chaînes hi-fi, les postes de radio puissants, les baffles amplifiés, tout ce qui produit plus de décibels qu'une brosse à dents électrique.

Il faudrait doter ces appareils d'une puce, reliée à un brouilleur implanté dans les murs. Le brouilleur reconnaîtrait la puce et neutraliserait l'appareil, préservant la santé des voisins.

Ou alors, on pourrait inventer des brigades du bruit, mandatées par l'État, pour visiter les appartements et y dénicher les appareils à risque. Elles ne les confisqueraient pas mais, par d'habiles interventions, elles en diminueraient la puissance à un niveau raisonnable, comme on ôte son venin à la queue d'un scorpion. »

Insaisissable Mme Meunier

Le fils des Compère, Antoine, treize ans, croisa Mme Meunier, leur fameuse voisine du dessous.

– Ce qui était bizarre, dit-il à ses parents, c'est qu'elle tenait deux sacs-poubelles pleins, un dans chaque main, et qu'elle les rapportait chez elle.

Intimité

Il était rare à présent que les Lequennec, aux toilettes, ne découvrent pas dans leur cuvette un corps étranger, tel un cadeau. D'où venaient ces corps, le circuit qu'ils empruntaient pour arriver là, c'était un mystère, que les dix plombiers consultés échouèrent à percer. La merde des autres se donnait rendez-vous chez eux, comme si des clapets dans les conduits du Mayerling la détournaient de partout pour l'amener là, dans leur appartement devenu fosse d'aisances. Mme Lequennec, dégoûtée, n'osait plus utiliser ses toilettes, préférant se retenir jusqu'au bureau ; elle appréhendait les week-ends et les jours fériés, n'ayant alors plus cette solution de repli. Ses efforts de rétention la rendirent malade : cystites, occlusion, fécalome. Quant à son mari, il mit au point une stratégie d'évitement : il installa dans la cave un cabinet secret, et descendait cinq étages trois ou quatre fois par jour. Cela lui rappelait le cabanon où ses arrière-grands-parents, dans leur ferme, s'étaient enfermés tout au long de leur vie pour leurs besoins et où, d'après ses souvenirs d'enfant, il faisait froid comme dans sa cave.

« Soixante ans de progrès technique, songeait-il, et je ne suis finalement pas plus avancé qu'eux. »

Quand il rencontrait un voisin dans le hall, M. Lequennec pensait : « Vous me saluez distraitement, comme si nous ne nous connaissions pas ; mais je vous connais au plus intime, j'ai vos étrons tous les jours dans ma cuvette. »

Mme Camy passe aux actes

(– Ce sera graveleux ? demande Braque en se frottant les mains.

– Un peu.)

Mme Camy finit par ramener chez elle un petit jeune homme qu'elle avait séduit dans un bar. Jusqu'au moment d'ouvrir la porte de son appartement, elle songea qu'elle pouvait encore le renvoyer, renoncer, revenir sur le bon chemin. Le pour et le contre se disputaient sous son crâne, puis le pour l'emporta. *Alea jacta est.*

Dans l'ascenseur, il tenta de lui arracher ses vêtements ; elle fit mine de le repousser, le priant d'attendre qu'ils soient chez elle. Elle aurait voulu pourtant qu'il aille plus loin, qu'il la déshabille complètement et la déshonore sur place.

Dans l'appartement, il fut sauvage comme elle voulait. Après quoi, ils s'endormirent.

Éveillée la première, vers quatre heures, elle se faufila hors du lit et s'enferma dans la salle de bains pour sangloter longuement et s'insulter. Puis elle réveilla son amant qu'elle fit déguerpir, changea les draps et se lança dans un vaste ménage, pour calmer ses nerfs.

Violation de domicile

M. Compère franchit la petite haie de thuyas rabougris qui délimitait le jardin de Mme Meunier et s'approcha de la baie vitrée. Il reconnut instantanément l'odeur pestilentielle qui le gênait tant.

Il avait sonné plusieurs fois à la porte en vain avant de s'introduire dans le jardin.

Penché sur la baie, les mains en visière à cause des reflets, il contempla l'intérieur.

Mme Meunier, accumulatrice compulsive, vivait au milieu d'un océan de détritus, ramassés dans toutes les poubelles du quartier.

Scanner

Mme Chopard attendit d'avoir revu deux fois la fille aux yeux creux et une fois sa mère avant de tout raconter à son mari. Ce dernier, en voyage au Brésil, ne pouvait pas rentrer tout de suite ; il lui ordonna de consulter leur médecin, et de se faire prescrire les examens appropriés, craignant une tumeur au cerveau, ou quelque chose dans ce genre. Mais ni le bilan neurologique ni le scanner ne révélèrent quelque chose d'anormal. Le médecin, un peu déçu, en conclut que c'était simplement la fatigue, et qu'il n'y avait nulle raison de s'inquiéter. « Prenez du repos, dit-il, et restez chez vous. »

Comment aurait-il su que c'était le pire conseil à lui donner ?

Propos sur la ville

Extraits de mes conversations avec Braque. Je ne sais plus qui de nous deux a dit quoi ; peu importe, nous sommes à peu près d'accord.

Des idées d'eugénisme. « Un mot me vient quand je regarde une ville, c'est "empilement". ("Entassement" conviendrait aussi.) Empilement d'humains dans des boîtes, comme on empile les objets dans des containers pour qu'ils traversent la mer. C'est frappant dans les villes récentes, où l'art ancien de l'habitat s'est perdu.

Bien sûr, cet empilement sur cinq, dix, quinze étages est inévitable, vu la démographie ; les villes sont si populeuses aujourd'hui qu'il serait impossible de loger tout le monde à l'horizontale.

La solution du problème consisterait en fait dans la dénatalité. (*Silence.*) On part d'une conversation sur le bâtiment, on aboutit à des idées d'eugénisme. »

*

Une arme terrifiante. « La ville, avec les conditions de vie atroces, la promiscuité, la nuisance, semble conçue pour un type d'homme qui n'existe pas, ou plus : un homme raffiné, discret, silencieux, prévenant, paisible, courtois, *civilisé*. Tout le problème de la ville est là : elle serait vivable, peuplée de semblables individus ; mais ce type a disparu – pour autant qu'il ait existé. On pourrait dire, en variant sur ce motif, que l'inventeur des villes, trop optimiste, a fait sur l'être humain un pari insensé : qu'il saurait se domestiquer, combattre ses bas instincts, notamment sa propension au bruit, et rendre ainsi tolérable la vie urbaine. Pari stupide, qui a échoué. C'est comme si on mettait dans les mains de quelqu'un d'ordinaire une arme terrifiante, en lui faisant confiance pour qu'il ne l'emploie pas. Que croyez-vous qu'il arrivera ? »

*

Enfilade. « Il faudrait réaliser le rêve de Perec, dans sa *Vie mode d'emploi* : tomber la façade d'un immeuble (mais moderne, cette fois), sans que les habitants s'en rendent compte, pour les observer. Comme les appartements d'aujourd'hui, type Mayerling, sont tous identiques et superposés parfaitement, avec les toilettes en enfilade pour économiser sur la plomberie, on verrait ce spectacle fascinant de gens qui, littéralement, se chient sur la tête : le résident du quatrième sur celui du troisième, celui-ci sur celui du deuxième, etc. Cela me vient toujours à l'esprit quand j'utilise les toilettes dans un immeuble : j'imagine qu'au-dessus de moi, tout près, le voisin plié en deux, pantalon sur les chevilles, se livre aux mêmes activités honteuses, et que si l'on ôtait d'un coup le béton qui nous sépare tout tomberait droit sur mon crâne. »

*

Densité. « Je ne sais quel philosophe a dit que la barbarie surgit dans deux types d'endroits : là où la densité démographique est très basse, et là où elle est très forte. »

*

Une citation. – « Les hommes ne sont point faits pour être entassés en fourmilières, mais épars sur la terre qu'ils doivent cultiver. Plus ils se rassemblent, plus ils se corrompent. Les infirmités du corps, ainsi que les vices de l'âme, sont l'infaillible effet de ce concours trop nombreux. L'homme est de tous les animaux celui qui peut le moins vivre en troupeaux. Des hommes entassés comme des moutons périraient tous en très peu de temps. L'haleine de l'homme est mortelle à ses semblables : cela n'est pas moins vrai au propre qu'au figuré. Les villes sont le gouffre de l'espèce humaine. »

– De qui est-ce ?

– Rousseau.

*

Les architectes. « Des architectes talentueux, peut-être, sauraient atténuer le mal. Or, au contraire, ils semblent faire tout ce qu'ils peuvent pour l'aggraver, pousser l'horreur à son comble. Nulle profession n'est plus dangereuse – criminelle, même. Les architectes ont causé plus de malheurs que tous les soldats, tous les idéologues et tous les industriels confondus. »

*

Les urbanistes aussi. « Les urbanistes ne valent pas mieux. D'ailleurs, ce sont souvent les mêmes. Ils s'en vantent, et se proclament "architecte-urbaniste", comme on dirait violeur-assassin. On les pendra deux fois. »

*

Hypothèse. « Peut-être est-ce une expérience de laboratoire. Les dieux qui nous ont créés nous parquent par millions dans ces labyrinthes en béton, comme des scientifiques lâchent des rats dans des labyrinthes en polystyrène, avec un fromage au bout. Puis ils observent nos réactions. (*Silence.*) Ils ne devraient pas tarder à se rendre compte, je crois, que l'expérience n'est pas concluante, et que les cobayes la supportent mal. »

Police

Deux agents se présentèrent chez M. Durandat pour lui poser des questions, sans annoncer d'abord le motif de leur visite.

– Connaissez-vous M. et Mme Brides ?

– Bien sûr.

La folle, sa fillette et son mari.

– Nous aimerions entendre votre version.

– Ma quoi ?

– Mme Rokhaya Brides prétend que vous avez violenté sa nièce et que vous l'avez insultée. M. Jean-Claude Brides, son mari, craint à présent qu'elles ne soient plus en sécurité dans l'immeuble à cause de vous.

M. Durandat s'affaissa. Il n'en croyait pas ses oreilles.

Les policiers le regardaient pensivement.

– Nous vous écoutons.

Invasion

Les caves étaient éclairées par des hublots sans ampoule fixés au plafond, à trois mètres cinquante du sol. Ces hublots tombaient sans cesse en panne, de sorte que les caves étaient toujours plongées dans une demi-pénombre, façon coupe-gorge.

Des intrus s'y donnaient rendez-vous.

M. Chautemps (quatre-pièces, cinquième étage), descendu dans sa cave, découvrit un jour un spectacle inattendu : reliefs d'aliments, bouteilles vides, coussins souillés, etc. Il se boucha le nez car les murs avaient été compissés.

Qui pouvait être assez sot, ou ivre, pour festoyer dans ce lieu sordide ?

Remonté chez lui, il téléphona au syndic pour réclamer d'urgence une équipe de nettoyeurs. Gestimmo promit d'en envoyer une le jour même, mais le lendemain rien n'avait changé, ct de nouvelles immondices étaient même apparues.

M. Chautemps se plaignit auprès de M. Camuzet (trois-pièces, premier étage), membre du conseil syndical. À quoi servait d'avoir une serrure au portillon du jardin, une porte de garage automatique, un digicode, une serrure à la porte de l'escalier du sous-sol et une autre à l'entrée des caves, si des étrangers pouvaient pénétrer dans l'immeuble comme dans un moulin ? M. Chautemps et M. Durandat se sentirent menacés. Ils convinrent de porter plainte pour violation de domicile au commissariat de Rouvières, où le nom de Mayerling serait bientôt familier.

Les Lemoine cohabitent

Après le dîner raté, les Lemoine furent près d'un mois sans s'adresser la parole. Ils cohabitaient en silence, Valérie dans le salon, Vincent dans la chambre. La cuisine, la salle de bains et les toilettes étaient occupées par roulement. Ni l'un ni l'autre ne laissait jamais ses effets personnels dans les pièces partagées, de peur qu'ils ne soient vandalisés. L'appartement de leurs rêves était devenu une zone de guerre.

Pour le reste, ils vivaient comme d'ordinaire ; sitôt dehors, le Mayerling derrière eux, ils travaillaient, déjeunaient, flânaient en ville, vaquaient chacun à ses occupations comme si de rien n'était. Dans ces moments-là, ils pensaient l'un à l'autre sans haine ni amertume, et se demandaient un peu comment ils en étaient venus à se détester.

Mais, en fin d'après-midi, au moment de rentrer, une angoisse mêlée de dégoût montait en eux. Ils recommençaient de se haïr. Inversion de leurs sentiments l'un pour l'autre selon qu'ils étaient plus ou moins près de chez eux : dehors, l'amour, d'autant plus grand qu'ils étaient plus loin ; dedans, la haine.

Commentaire de Braque

« L'amour au-dehors, la haine au-dedans. Bon titre, vous ne trouvez pas ? »

CARNETS DU DR HAMPSTADT

Les Thuillier s'avisent finalement que les troubles de Lucien ont commencé après leur emménagement rue Mayerling. Je déplore qu'ils m'aient caché si longtemps cette information ; ils répondent qu'ils n'avaient pas fait le rapprochement.

Lucien ne s'alimente plus. Il refuse tout, recrache ; quand on le nourrit de force, il se fait vomir ensuite.

NOUVELLES PESÉES

	M. Flandrin	Mme Lefebvre
E + 10 mois	57 kg	74 kg
E + 11 mois	54 kg	77 kg

ESPIONNAGE

« Elle devrait être soignée, disait M. Compère à propos de sa voisine du dessous, Mme Meunier. Elle est complètement siphonnée. » Ce mot faisait rire Antoine.

Certains jours, l'odeur chez eux, insoutenable, les forçait à sortir. Mme Compère avait des nausées ; la petite Léa perdait l'appétit. Ils avaient l'impression de vivre dans une décharge, alors que tout chez eux était propre, net, astiqué à la perfection. C'était même comique : plus Mme Compère briquait tout, plus la puanteur augmentait ; nettoyer ne lui servait à rien, sinon à se désénerver.

Ils avaient contacté le syndic, en vain.

– Mme Meunier est propriétaire, répondait le gérant. Nous ne pouvons pas l'empêcher de faire ce qu'elle veut.

– Mais elle viole le règlement, non ?

– Je l'ai relu. Il y a des clauses sur le bruit, mais rien sur les odeurs.

Bizarrement les autres voisins, notamment ceux du premier étage, n'étaient pas gênés. Chez eux, aucun effluve ; il y régnait un agréable parfum d'encaustique, de fleurs et de cire à bois. Les Compère seuls étaient frappés.

Mme Meunier, hélas, se dérobait toujours à leur surveillance. C'était à croire qu'elle restait cloîtrée vingt-quatre heures sur vingt-quatre.

– Peut-être sort-elle la nuit, suggéra Antoine. Comme les vampires.

LE CHAT

Le syndic, après d'innombrables relances, fit enfin nettoyer les caves encombrées de déchets abandonnés. Une plainte avait été déposée. M. Camuzet avait punaisé dans le hall un message invitant ses voisins à la vigilance – refermez les portes derrière vous, n'ouvrez pas à des inconnus, faites bon usage du visiophone.

Un devis était en cours pour changer les serrures.

Quelques jours plus tard, M. Chautemps trouva dans le couloir des caves le cadavre d'un chat. Un chat roux, inerte sur le béton gris.

Il enfila des gants et jeta cette charogne à la poubelle.

L'anguille

Un jour, rentrant chez eux, les Lequennec furent pris à la gorge par une odeur atroce. Ils se précipitèrent à la salle de bains et découvrirent un spectacle immonde : la baignoire, remplie d'une eau noire, gluante, fumait comme un bain chaud. À la surface se formaient des bulles. Mme Lequennec eut un haut-le-cœur, elle dut sortir sur son balcon ; M. Lequennec contempla l'eau infâme, en se demandant par quelle magie le bouchon de la baignoire s'était mis en place tout seul, pour la retenir jusqu'à leur arrivée.

Le lendemain, Mme Lequennec, restée seule à la maison, découvrit une anguille dans la baignoire. Morte.

Envies de meurtre

Braque et moi reparlons de M. Paul, l'obsédé du bruit.

« Voyez-vous, dit Braque, si quelqu'un lui avait demandé, à cette époque, les noms de gens qu'il aurait voulu voir morts, il aurait donné, sans hésitation, celui de ses voisins. Des individus qu'il ne connaissait pourtant pas avant d'avoir emménagé, avec qui il n'avait rien à voir, mais qu'il détestait à fond et qui, en moins de trois mois, sans avoir rien fait de spécial, étaient devenus ses ennemis jurés.

Le cas Paul est évidemment extrême, mais le phénomène est général, et touche la plupart des résidences modernes construites à la va-vite avec des matériaux défectueux : vos voisins, spécialement ceux du dessus, sont vos ennemis. De la pire sorte : des *ennemis de l'intérieur*, qui vous pourrissent l'existence par des voies privilégiées, redoutables. Leur plancher, c'est votre plafond. Leurs murs prolongent les vôtres. Leur tuyauterie se raccorde à la vôtre. Vous les appelez vos voisins, mais la vérité, c'est qu'ils habitent avec vous. Ils vivent chez vous. Eux et vous n'êtes pas les habitants séparés de deux logis distincts, mais les copropriétaires uniques d'un ensemble unique, divisé fictivement par des murs chétifs et par une dalle en béton léger qui propage le bruit[1]. Cela donne des envies de tuer. Je suis sûr que M. Paul y a songé. »

De fait, oui. J'ai demandé à M. Paul, lors de l'entretien qu'il m'a accordé, s'il avait pensé au meurtre.

1. Braque ajoute que souffrir chez soi du bruit des voisins (les voisins du même immeuble, s'entend) procure la même sensation d'intrusion qui frappe les victimes d'un cambriolage, à cause de l'intimité outragée.

« Mais oui, a-t-il répondu, plus d'une fois. À une certaine période, pour me pousser à bout, ils ont augmenté la fréquence de leurs soirées – "soirée", mot que j'ai du mal à prononcer. Jusqu'à trois par semaine ! Le chahut commençait vers neuf heures du soir. Parfois, ils prévenaient : l'un des trois, je ne sais pas lequel – le seul qui fût alphabétisé, je suppose –, placardait sur ma porte un mot indiquant qu'ils auraient du monde et me priant de les excuser pour la gêne. Vous me direz que ça partait d'un bon sentiment, qu'ils étaient finalement aimables, ces petits jeunes. Mais non : c'était une manière vicieuse et cruelle de rajouter à mon malaise, en me faisant savoir à l'avance que j'allais souffrir. Sitôt que je découvrais le mot, mon estomac se soulevait, comme si j'avais reçu un coup de poing : je comprenais que ma soirée serait infernale. J'étais terrassé, à cause d'un bout de papier ! Le soir venu, je montais pour prier ces abrutis de baisser d'un ton, en vain. Au bout d'un moment, quand vous constatez que rien ne change, que même tout empire, vous ne tenez plus, et vous songez au meurtre. Je crois m'être approché du point de non-retour. Une fois, j'étais prêt à sortir, couteau de cuisine à la main, dans un état second, à la fois enragé et réfléchi. Il s'en est fallu de peu. »

Carnets du Dr Hampstadt

Hospitalisation de Lucien Thuillier qui souffre à présent de pertes d'équilibre et d'accès de violence – griffures, coups, etc. Il se jette contre les murs, tête la première. J'ai ordonné une sédation.

Les caves (suite)

Malgré la plainte, les effractions dans les caves se poursuivirent.

Chaque fois qu'on descendait, on faisait une découverte. Des ordures témoignaient qu'on avait mangé, bu, dormi et vomi là. Le sous-sol du Mayerling était-il un repaire de clochards ? Mais M. Chautemps trouva aussi du bois brisé ainsi que des cendres, des bougies et des tissus ensanglantés.

Des messes noires ? À quels sacrifices se livrait-on dans ces catacombes, cependant qu'au-dessus dormaient les résidents ?

Il y avait aussi des graffitis sur les murs, potaches et orduriers.

M. Chautemps, une fois, trouva douze préservatifs usagés, signe qu'on avait pratiqué ici l'acte de chair, en groupe.

(– À propos de chair, demande Braque, quoi de neuf chez Mme Camy ?

– Elle vous intrigue, décidément. Eh bien, j'ai de bonnes nouvelles – je veux dire, de votre point de vue : ses bouffées de nymphomanie allaient croissant.)

Ses enfants ne la reconnaissaient plus. Elle portait des vêtements moulants ; elle avait teint ses cheveux dans une couleur flamboyante, et jeté sur ses fauteuils des plaids tachetés qui donnaient au salon un côté lupanar. Elle, si réservée d'habitude, riait sans cesse. Les photos de feu son mari, jadis omniprésentes dans la maison, avaient disparu.

À ses fils, elle demanda des nouvelles de leurs amis, ceux qu'ils fréquentaient pendant leurs études. Cela lui ferait plaisir de les voir, disait-elle, songeant avec envie à ces trentenaires ; qu'ils viennent, la prochaine fois.

Elle s'arrangeait pour faire sauter les plombs chez elle, puis sonnait chez ses voisins masculins pour demander de l'aide. Elle attira M. Boisselier et M. Paul ; ni l'un ni l'autre hélas ne cédèrent à ses avances.

Elle fut bientôt connue dans l'immeuble. Les allées et venues incessantes, les messieurs partis tôt le matin en rajustant leur chemise, n'étaient assurément pas discrets. Déjà Mme Flandrin, qu'elle croisait souvent dans l'ascenseur, ne lui disait plus bonjour.

Elle découvrit un jour, sur sa porte, cette inscription : « Une heure, 50€. »

Puis, sur l'interphone, quelqu'un fixa une gommette rouge sur son nom. Elle songea que c'était, en miniature, l'équivalent de la lanterne rouge qui jadis, en Angleterre, ornait la façade des maisons closes.

Aller et retour

Au bout de six mois de guerre domestique, Vincent Lemoine décida qu'il était temps de rompre avec sa femme et lui proposa – par écrit – une rencontre en terrain neutre, pour négocier les conditions d'un divorce.

Valérie ne répondit d'abord rien ; mais avait lu le mot car Vincent le trouva roulé en boule dans la poubelle de la cuisine.

Une semaine plus tard, elle écrivit sa réponse : D'accord. Mais où ?

Dans un accès de romantisme, Vincent suggéra C***, le village breton où ils avaient passé leurs premières vacances. Vu la saison, il y aurait forcément de la place.

Réponse : O.K., le week-end prochain. Simplement, Valérie refusait de voyager avec son époux ; elle prendrait le train de 13 h 50, libre à lui de se rendre à C*** par le moyen de son choix. Elle le priait aussi de réserver l'hôtel, et l'autorisait à utiliser leur compte commun.

Vincent partit donc en Bretagne en voiture, en jouant dans sa tête la scène à venir. Il prépara des arguments, des répliques, et se promit de ne pas crier.

Il arriva à C*** vers huit heures du soir. Valérie, arrivée en fin d'après-midi, l'attendait chambre 107, à côté de la 106 qu'ils avaient occupée jadis.

Bien qu'il n'y eût qu'un étage, Vincent prit l'ascenseur, soucieux d'économiser ses forces pour la bataille qui, peut-être, durerait toute la nuit.

Il inspira, frappa, ouvrit.

Elle était sur le lit, assise. Elle portait son pantalon de sport, un pull de coton bleu ; ses pieds étaient nus.

Elle avait pleuré.

Il s'était tant attendu à un accueil hostile, comme d'habitude, qu'il fut désarçonné. Valérie lui parut inoffensive, vulnérable, et désirable. Ses griefs contre elle s'évanouirent tout d'un coup ; il ne comprenait même plus ce qui les avait conduits ici ni ce qu'ils étaient censés faire. Quant à elle, elle paraissait bouleversée.

Ils ne se haïssaient plus.

Ce qu'ils firent de la nuit qui suivit ne nous regarde pas.

Ils repartirent à Rouvières le lendemain vers midi, tout sonnés par le miracle de leur réconciliation. Ils avaient le sentiment d'être sortis d'un cauchemar, leur soulagement s'accompagnait d'un peu d'euphorie, comme quand on a évité un drame.

Au bout de cent kilomètres, Valérie s'endormit. Vincent la trouva tout à coup moins belle, avachie sur le fauteuil, les épaules affaissées, les seins lourds sous le débardeur.

Quand elle se réveilla au bout d'une heure, elle se plaignit d'avoir faim, et que la tête lui tournait. Il proposa de s'arrêter pour manger mais elle refusa tout ce qu'ils trouvèrent en chemin – la sandwicherie parce qu'elle ne payait pas de mine, la brasserie parce que ce serait trop long, etc. Il s'énerva et accéléra, pour faire rugir le moteur. Elle lui reprocha son style de conduite.

La machine infernale était relancée. À mesure qu'ils revenaient vers le Mayerling, ils se détestaient de nouveau.

La banlieue rouviéroise atteinte, ils ne se parlaient plus ; et, pénétrant dans le parking souterrain de l'immeuble, ils furent submergés par l'envie grisante, dont ils s'étaient bêtement crus guéris, de se trucider sur place.

Carnets du Dr Hampstadt

Lucien va mieux. Il ne mord plus, mange et communique avec son entourage. Il lui arrive encore de parler dans son langage inventé ; mais on peut le mettre sur le compte du caprice, mes collègues y voient même un signe de santé.

Je l'ai autorisé à retourner chez lui.

De : bastien.griet2000@fantic.com
À : syndic@gestimmo.net
Objet : Poubelles du Mayerling

Cher Monsieur,

Voici deux semaines que les poubelles de notre résidence ne sont plus ramassées. Elles débordent, des sacs d'immondices se répandent au sol. Je compte sur vous pour faire le nécessaire afin que la situation soit réglée.

Cordialement,
Bastien Griet
Résidence Le Mayerling (appartement 1C, RDC)

(Ce message est resté sans réponse.)

*

De : bastien.griet2000@fantic.com
À : syndic@gestimmo.net
Objet : Poubelles du Mayerling

Cher Monsieur,

Malgré mon message, il semble que les personnes en charge des poubelles au Mayerling soient toujours défaillantes. Les bacs pleins débordent, faute d'avoir été sortis. Merci de me confirmer que vous avez reçu ce mail, et de m'indiquer ce que vous comptez faire pour que le service fonctionne à nouveau normalement.

Cordialement,

Bastien Griet

(Ce message est resté sans réponse.)

*

De : bastien.griet2000@fantic.com
À : syndic@gestimmo.net
Objet : Poubelles du Mayerling

Troisième message. La situation empire. J'ai été obligé de sortir *moi-même* les ordures à la main, en vue du ramassage.

Votre inertie est inacceptable. Sauf amélioration, je proposerai aux autres résidents de changer de syndic.

B. G.

*

De : syndic@gestimmo.net
À : bastien.griet2000@fantic.com
Objet : Re : Poubelles du Mayerling

Bonjour,

L'entreprise chargée du ramassage a connu quelques difficultés. La situation s'améliorera bientôt. N'hésitez pas à me recontacter.

Bien à vous,
Gestimmo, syndic

*

De : bastien.griet2000@fantic.com
À : syndic@gestimmo.net
Objet : Re : Re : Poubelles du Mayerling

Cher Monsieur,

J'ai vu, hier, un rat noir dans le garage. Nul doute qu'il a été attiré par le local poubelles, où les déchets s'amoncellent à nouveau.

N'étiez-vous pas censé faire quelque chose ?

(Ce message est resté sans réponse).

*

De : karine778@generamail.com
À : syndic@gestimmo.net
Objet : Poubelles

Bonjour,

Une odeur pestilentielle émane du local poubelles. Merci de faire intervenir quelqu'un.

Cordialement,
Karine Ximenez

*

De : syndic@gestimmo.net
À : karine778@generamail.com
Objet : Re : Poubelles

(*Ceci est un message automatique, merci de ne pas y répondre.*)

Bonjour,
Je suis en vacances jusqu'à lundi prochain inclus.
En cas d'urgence, contactez valerie@gestimmo.net.

Expertise sonore

M. Paul, suspectant l'immeuble de n'être pas aux normes d'insonorisation, contacta un expert. Il était prêt à attaquer CFR en justice.

L'expert expliqua qu'il devrait, pour ses tests, entrer dans l'appartement du dessus, d'où provenait la gêne. M. Paul, de mauvaise grâce, sonna donc chez les étudiants, pour demander leur permission. Il fut reçu par la fille. Faisant un effort immense pour être aimable, il dit qu'il venait dans un but de paix sociale, pour résoudre le problème qui les avait mis en mauvais termes ; il suffirait qu'ils reçoivent chez eux, une heure ou deux, un technicien qui procéderait à quelques mesures peu gênantes, et qui ne laisseraient aucune trace. Compréhensive, elle donna son accord ; le technicien viendrait quand il voulait, il y avait toujours quelqu'un sur place.

(« C'est le problème, pensa M. Paul : je préférerais que vous soyez toujours dehors. »)

M. Paul la remercia, se retenant de lui faire remarquer, avant de partir, qu'elle était en chaussettes et qu'il serait mieux, pour lui, qu'elle chaussât des pantoufles, afin que la semelle amortisse le choc des talons sur le sol.

L'expert vint la semaine suivante avec un équipement qui fit impression sur M. Paul : sonomètres sur trépied, ordinateur, câblages, ainsi qu'un appareil composé de marteaux métalliques reliés à un circuit d'entraînement – une génératrice d'impacts, pour reproduire sur le plancher les sonorités irritantes dont il se plaignait. M. Paul, admirant cet attirail, songea qu'il était sauvé ; toute cette technologie, manipulée par ce professionnel qu'il trouvait sympathique, donnerait forcément des résultats.

Ils montèrent ensemble chez les voisins, où l'expert installa son matériel ; puis ce dernier fit l'aller et retour entre les deux étages une heure durant, donnant le tournis à M. Paul. Enfin, il rendit son verdict.

– Je ne trouve rien d'anormal.

M. Paul se décomposa.

– Vous êtes sûr ?

– Oui. Ce n'est pas une insonorisation de haute qualité, mais c'est dans la moyenne.

– La moyenne.

– La fourchette basse. Dans les limites de l'acceptable.

M. Paul pâlit.

– Les normes fixées par les textes sont médiocres, reconnut l'expert.

– Pourquoi ne les relève-t-on pas ?

– Ça augmenterait le coût des constructions.

– Donc, pour éviter que les gens payent trop cher, on leur fabrique des logements où tout s'entend d'un étage à l'autre.

– Voilà. Ça veut dire aussi que vous ne pouvez jamais faire jouer la garantie contre le constructeur : il a respecté les normes, il ne vous doit rien.

M. Paul baissa les yeux.

– Après, reprit l'expert en rangeant ses appareils dans leurs housses, vous pouvez envisager des travaux. Et puis, vous devriez installer des tentures plus épaisses, ainsi que des tapis au sol. C'est tout bête, et ça étouffe les sons.

– Vous croyez que ça suffira ?

– Non. Pour un vrai résultat, il faut procéder à des transformations de grande ampleur. L'idéal, voyez-vous, serait de créer une boîte dans la boîte.

M. Paul haussa les sourcils.

– Votre appartement, expliqua l'expert, est une boîte, empilée avec les boîtes du dessus et celles du dessous, d'où proviennent les nuisances. Bruits d'impact, les plus gênants, et bruits aériens, voix, musique. Ils se transmettent par les murs et les planchers. Donc, pour vous protéger, il faut désolidariser votre boîte des autres.

– Concrètement, qu'est-ce que ça signifie ?

L'expert fit une mine gourmande. On sentait que

l'idée des travaux d'insonorisation lui procurait une sorte de plaisir technique.

– Vous construisez un faux plafond en plaques de plâtre, suspendu sur une ossature métallique fixée par des suspentes. Vous bourrez l'interstice d'isolant fibreux, qui jouera le rôle d'amortisseur. C'est l'effet masse-ressort-masse. Pour un résultat optimum, il faut que les suspentes soient antivibratiles. Mieux : que votre faux plafond repose sur des ossatures longue portée, fixées de mur à mur afin de découpler le faux plafond du vrai. Ensuite, il faut isoler les murs car les vibrations passent aussi par là. Idéalement, tout devrait être calfeutré à la perfection, en étanchant jusqu'aux prises de courant et aux interrupteurs. L'air ne doit plus passer nulle part.

L'expert regarda autour de lui.

– Ici, reprit-il, l'opération sera plus compliquée, à cause des caissons de volets roulants. Par ailleurs, ce n'est pas très haut de plafond.

– Et alors ?

– Avec une telle installation, vous perdez quinze centimètres, ainsi que sur les murs. Cela dit…

L'expert hésita.

M. Paul n'avait guère envie d'en entendre plus, mais autant boire la coupe jusqu'à la lie.

– Oui ?

– Je dois vous dire que le résultat n'est jamais garanti, même après travaux. En fait, il faudrait travailler aussi le plancher des gens du dessus, qui n'a pas dû être installé correctement lors de la construction.

Peut-être manque-t-il une couche isolante ; ou alors, elle est de mauvaise qualité. Bref, il faut tout casser, et tout recommencer.

– Mais… Comment contraindre le propriétaire à de tels travaux ?

– Impossible. Et puis, même si on refaisait tout dans les règles de l'art, il resterait un aléa.

Il plissa les yeux.

– Le bruit, voyez-vous, possède une part de mystère. Les constructeurs le maîtrisent mal. Même dans la résidence la mieux conçue, avec les meilleurs matériaux, il arrive qu'un crayon à papier tombé sur le plancher au dernier étage résonne jusqu'au rez-de-chaussée.

Soupir.

– C'est une énigme.

L'expert ferma les yeux, pénétré par la profondeur de cette révélation.

– À mon avis, il vous reste deux solutions.

Le cœur de M. Paul se desserra. Un espoir ?

– La première, convaincre vos voisins d'adopter un mode de vie qui…

– Ça va, coupa M. Paul. Inutile d'y penser.

– La deuxième, vendez.

M. Paul baissa la tête, anéanti. Puis ses yeux retombèrent dans ceux de l'expert impassible, où il aurait voulu lire un peu de pitié.

– Partez, s'il vous plaît.

Opinions de Braque sur le bruit.

« Le voisin dans un immeuble équivaut à l'acouphène. Impossible de s'en débarrasser, il est à l'intérieur.

Comme l'acouphène, le voisin rend fou. »

*

« L'oreille a l'inconvénient, par rapport à l'œil, qu'elle ne se ferme pas. Il y a sans doute de bonnes raisons à cela, du point de vue de l'évolution et de la survie de l'espèce – être réveillé par le bruit des bêtes sauvages, par les pas de l'ennemi qui rôde, etc. Mais nous ne vivons plus comme des sauvages : aujourd'hui, c'est de pouvoir fermer ses oreilles qui serait, à mon avis, un gage de survie. Pour supporter le raffut de la circulation, le raffut des voisins, le raffut de tout. Il y a, de ce point de vue, une adaptation nécessaire de notre organisme qui, curieusement, n'a pas eu lieu. Je trouve qu'il s'agit, de la part de dame Nature, d'un petit loupé. »

*

« J'ai lu dans une vieille revue un article où l'auteur suggérait de délimiter dans les villes des quartiers silencieux, où l'on n'aurait pas le droit de se livrer à une activité bruyante, et qui seraient un refuge pour les poètes et les imaginatifs. Cette idée n'est pas sans charme, mais je crains qu'elle ne soit plus réalisable. Vu le niveau sonore des villes actuelles – marteaux-piqueurs, voitures, braillards noctambules, etc. –, la seule solution pour créer des quartiers vraiment tranquilles serait de les transporter à la campagne – vieille blague d'Alphonse Allais.

À défaut, je propose autre chose : une copropriété pour gens silencieux. Au moment d'acheter un appartement, on signerait une charte où l'on s'engagerait à ne pas dépasser un certain seuil sonore ; il y aurait des capteurs dans l'appartement et, en cas de faute, on écoperait d'une amende, reversée sur le compte de la copropriété. (Ces amendes serviraient à l'entretien des parties communes, et à renforcer l'insonorisation de l'immeuble.) Les muets et les célibataires asociaux bénéficieraient d'une réduction à l'achat. »

CARNETS DU DR HAMPSTADT

Rechute de Lucien, qui fait à présent des fugues. Ses parents ont beau le surveiller, il trouve toujours le moyen de s'évader. À diverses reprises, on l'a retrouvé caché dans les caves. « Il adore rôder au sous-sol, explique sa mère, comme s'il y cherchait quelque chose. Mais il refuse de dire quoi. »

Végétation

L'environnement verdoyant avait été un argument de vente du Mayerling, mais, six mois après la livraison, rien n'avait encore poussé malgré les pluies printanières. Le jardin ne ressemblait à rien : terre nue, caillouteuse et grasse, comme un bourbier. Les thuyas plantés le long du chemin menant à l'entrée restaient rabougris, beaucoup avaient crevé. Où était l'écrin de verdure promis par CFR ?

Cette désolation s'étendait aux appartements où rien ne poussait. Toutes les plantes d'intérieur étaient à la peine. Mme Dubois avait perdu ses fougères, ses orchidées, ses ficus et son bonsaï. Elle avait eu beau les soigner, leur parler tous les jours, ils avaient séché, pourri et fané, obstinément. *Idem* chez Mme Boisselier : dès son installation au Mayerling, ses anthuriums et ses azalées ternirent ; deux semaines après tout était mort. Les feuilles en se décomposant avaient produit une odeur détestable, mélange de chou cuit et d'œuf pourri, et ce parfum infect à présent s'accrochait aux tentures, aux coussins, aux vêtements.

Le Mayerling semblait incompatible avec la flore. Les alentours même étaient contaminés, par une sorte de capillarité. Depuis l'achèvement de l'immeuble, les marronniers centenaires du boulevard flétrissaient. Les feuilles brunies tombaient ; les jardiniers municipaux n'y comprenaient rien.

On est souvent frappé, sur un site en ruine, que la nature reprenne très vite ses droits, que l'ivraie pousse dans les interstices, les mousses sur la pierre. Ici, c'était l'inverse : le béton, pour une fois, l'emportait sur la nature terrassée.

Appel de fonds

Rouvières, le 18 septembre 20**
Période : du 1er octobre au 31 décembre 20**
M. Chautemps Germain
Le Mayerling, 17 rue Mayerling, Rouvières
Lots 000013 (appartement T4), 000041 (garage), 000046 (cave),
4e appel de provisions sur charge : 543,56 €
Solde en notre faveur : 543,56 €
Date d'exigibilité : 1er octobre 20**
Pour votre règlement, voir les modalités au dos.

De profundis

Descendu dans les caves, M. Chautemps entendit au fond du couloir, dans la pénombre, de longs soupirs accompagnés de râles. Braquant sa lampe torche, il découvrit debout contre le mur, culotte baissée, deux jeunes gens d'environ seize ans, emboîtés l'un dans l'autre. Ils le regardaient sans gêne, plissant les yeux à cause de la lumière, sans songer, apparemment, à se rhabiller – peut-être pensaient-ils que M. Chautemps ne faisait que passer.

– D'où sortez-vous ? s'étouffa-t-il.

– Du lycée.

– Quel lycée ?

La fille haussa les épaules – il n'y en avait qu'un dans les parages.

– Hippolyte, quoi.

(Hippolyte-Ledoux.)

– On n'a pas cours, ajouta le garçon.

Réponse toute simple, sur un ton d'évidence. On n'a pas cours, alors on s'introduit dans une propriété privée pour forniquer dans la cave.

– Déguerpissez, dit M. Chautemps d'une voix lasse.

Puis, sans illusion sur l'effet de sa menace :

– La prochaine fois, j'appelle la police.

En réponse, le jeune homme fit avec son doigt un geste d'une franche vulgarité, pour finir sur le même registre obscène par où la rencontre avait commencé.

Autres propos sur la ville

« J'ai souvent pensé à kidnapper un architecte-urbaniste pour lui demander des comptes – des excuses, plutôt. J'imagine notre conversation, ses arguments. Qu'on ne peut pas bien loger tout le monde, étant donné la démographie ; qu'il faut s'accoutumer à de nouvelles formes architecturales, qu'on ne peut pas demeurer bloqué dans le passé, etc. Mais l'argument massue, qui, je crois, donnerait le fond de sa pensée, serait que l'urbanisme actuel est défectueux et provoque des dégâts non parce qu'il est mauvais en soi, mais parce qu'il ne va pas assez loin, et qu'on hésite à appliquer pleinement ses principes.

Demandez à un urbaniste pourquoi les villes aujourd'hui sont laides, invivables, malfamées, les habitants tristes, malades : il ne répondra pas qu'il y a trop de béton, de bâtiments hideux, pas assez de verdure : il dira qu'il n'y a *pas assez* de béton, et *trop* de verdure. Que la révolution, en somme, n'est pas allée assez loin. »

Apparitions

Bientôt les fantômes de Mme Chopard prirent leurs aises, troublant en permanence son existence. Ils surgissaient à tout moment, le jour, la nuit – avec une préférence pour la nuit –, sous forme d'apparitions soudaines, fugaces, insaisissables. Mme Chopard tenta de les photographier, en vain ; ils étaient malins. Elle ne savait pas si ces visions correspondaient à une réalité objective ou si c'était une production de ses neurones détraqués ; les médecins avaient eu beau prétendre que tout allait bien, elle ne les croyait qu'à moitié, persuadée maintenant qu'elle était folle.

Sa mère, quand elle lui apparaissait, la considérait durement, sans dire un mot, comme pour lui adresser un reproche silencieux. Mme Chopard soutenait son regard – au moins avait-elle des yeux, contrairement à la fille inconnue –, et leurs tête-à-tête muets duraient parfois plus d'une heure.

Une fois, dans le miroir de sa salle de bains, Mme Chopard vit aussi son père, mort depuis dix ans ; son visage en reflet était ravagé par la lèpre, et ses lèvres bleuies tremblaient.

Enfin Mme Chopard voyait, chez elle, des corps nus éparpillés sur le sol, démantibulés, écorchés, incomplets, décapités parfois, qu'elle pouvait tâter, caresser, déplacer même. Elle avait l'impression d'être l'actrice d'un film d'épouvante, et songeait qu'elle ne tiendrait pas très longtemps avant de tourner complètement dingue.

Carnets du Dr Hampstadt

Mme et M. Thuillier, au sujet de Lucien. « Il nous fixe d'un air sournois et dit, en détachant ses mots : "Nous vous aurons, lui et moi." Quand nous demandons qui est "lui", il ne répond pas. » Il dit aussi : « J'ai un nouvel ami, mon meilleur ami. Il vous connaît, vous le connaissez. »

Les animaux non plus

Les animaux non plus ne se plaisaient pas au Mayerling, même les mieux habitués à la vie en appartement.

Le chien des Lefebvre, un fox-terrier de huit ans, hurla à la mort le jour de l'emménagement, et ne s'arrêta plus – ils durent s'en séparer au bout de deux semaines.

Le labrador des Dubois se laissa mourir.

Tous les chats s'enfuyaient. Les boîtes aux lettres du quartier étaient inondées d'avis de recherche déposés par des habitants du Mayerling. La place laissée libre par ces félins de luxe fut récupérée au bout de quelques semaines par des chats de gouttière et des matous puants, faune sauvage venue des quatre coins de Rouvières. On en trouvait partout, dans les caves, sur les balcons, sales, pelés, malades et méchants.

Le seul avantage, c'est qu'ils chassaient les rats, et qu'on doit peut-être aux uns que les autres ne se fussent pas multipliés trop dans l'immeuble.

CORRUPTION

Les denrées périssaient plus vite au Mayerling.

Prenons deux fruits, cueillis le même jour au même arbre. L'un, entreposé n'importe où, restait ferme et frais pendant deux semaines ; l'autre, conservé au Mayerling, devenait blet après deux jours.

La viande surtout se corrompait. « Un jour, raconte Mme Boisselier, j'ai acheté deux steaks. Viande de première fraîcheur. Je rentre chez moi. Au bout de cinq minutes, mes narines sont attaquées par une odeur infecte. Les deux steaks sont déjà noirs, infestés de bestioles, comme après huit jours au soleil. »

Les mites alimentaires proliféraient dans tout l'immeuble, colonisant buffets et garde-manger. « On ouvrait une boîte de riz, raconte Mme Ximenez, et l'on voyait à la surface des filaments suspects. Des asticots blancs se tortillaient là-dedans. On en trouvait partout dans les cuisines, sur les murs, au plafond. Impossible de s'en débarrasser : j'ai tout essayé. L'immeuble sécrétait naturellement cette vermine. »

VALÉRIE TÉMOIGNE

« Il m'a fallu du temps pour l'admettre : c'était l'appartement qui nous forçait à nous haïr. À l'intérieur, nous n'étions plus nous-mêmes ; sitôt sortis, tout rentrait dans l'ordre. Ça semble absurde, je sais, mais après notre week-end en Bretagne, la vérité m'est apparue. À 500 kilomètres d'ici, Vincent et moi étions fous l'un de l'autre ; revenus à la maison, nous nous détestions.

C'était la faute de l'appartement, de l'immeuble.

Je n'ai pas réussi à le dire tout de suite à Vincent. Déjà, j'avais peur qu'il me prenne pour une folle. Ensuite, toute conversation dans l'appartement était exclue – on n'arrivait qu'à s'engueuler. Il fallait s'éloigner, quitter l'immeuble, et même le quartier et la ville, car le pouvoir du Mayerling allait loin. J'ai attendu des semaines avant de trouver le moyen de parler à Vincent. J'aurais pourtant dû agir tout de suite, comme on se précipite pour combattre un cancer. »

Carnets du Dr Hampstadt

Lucien Thuillier a tenté cette nuit d'égorger sa mère endormie. Son père l'a maîtrisé. L'enfant a été interné, sa mère soignée. Les jours de cette dernière ne sont pas en danger.

Délinquance

Braque et moi avons rendez-vous avec le commissaire Montorgue au commissariat central de Rouvières.

C'est un grand homme grisonnant d'allure austère, les cheveux courts à la façon militaire. Braque et moi admirons sa prestance et sa voix grave (« Cet homme-là doit plaire aux femmes », dit Braque).

Il connaît l'objet de notre interview, et commence de parler du Mayerling avant même que nous lui ayons posé la moindre question.

– Cet immeuble m'a causé bien du souci, avant même les événements.

Montorgue explique que le quartier Voltaire, très tranquille, s'est agité juste après la construction de l'immeuble. Une délinquance inédite est apparue, rarissime au centre-ville. Des trafiquants de cannabis, par exemple, se sont mis à y tenir commerce au grand jour.

– D'habitude, les petits dealers ne s'aventurent pas dans le centre. Ils opèrent dans leurs cités, en terrain connu. Mais il en a surgi tout au long du boulevard.

Ils se cachaient à peine ; à croire qu'ils réclamaient d'être pincés.

M. Montorgue soupire.

– Et puis, des bagarres. Toutes sortes de gens venaient se quereller là, qui pourtant n'avaient rien à y faire. Ils convergeaient vers le quartier Voltaire, c'était aberrant. J'ai dû augmenter les patrouilles, ajouter des effectifs.

Il conclut :

– On aurait cru qu'un aimant à délinquants était posé là.

Médications

Les Français consomment en moyenne 6,21 doses journalières d'antidépresseurs par an. Cette moyenne fut dépassée allègrement dans le quartier Voltaire, où la consommation, en l'espace de quelques mois, devint douze fois supérieure.

M. Grimond, pharmacien à Rouvières : « À une certaine époque, j'ai constaté une augmentation sensationnelle des ventes d'antidépresseurs et d'anxiolytiques. J'ai pensé à un signe des temps, au mode de vie stressant, mais mes confrères d'autres quartiers ne mesuraient rien de tel. Soit c'était une coïncidence, soit le problème était lié à ma zone de clientèle. Par acquit de conscience, j'ai signalé aux autorités qu'il se passait quelque chose de bizarre. Je n'ai pas eu de retour. À présent, je comprends tout. »

Accélérations

Le commissaire Montorgue a été frappé aussi par les incivilités routières, plus nombreuses dans les environs du Mayerling.

– Il m'est arrivé de me promener *incognito* dans la rue Mayerling. Eh bien, chaque fois, j'ai trouvé que les gens conduisaient vite et mal. J'ai même failli être renversé, juste en face du Mayerling. Un conducteur m'a foncé dessus, comme pour me tuer. On se serait cru, vous savez, à Delhi ou au Caire, où les automobilistes roulent comme des fous. Les voitures, à proximité du Mayerling, devenaient sauvages, agressives, hostiles.

Il chausse ses lunettes et consulte une note.

– Le nombre d'accidents dans ce quartier a augmenté de 600 % entre l'année précédant la construction de l'immeuble et l'année suivante. Rétrospectivement, je suis surpris qu'il n'y ait pas eu de morts.

Maladies

Liste non exhaustive de maladies déclarées après leur emménagement par les habitants du Mayerling :

Dépression nerveuse.

Fatigue chronique.

Cancer du pancréas.

Troubles du sommeil.

Hypertension artérielle.

Ulcère gastro-duodénal.
Lombalgie.
Lupus.
Grippe.
Crise de goutte.
Maladie de Crohn.
Polyarthrite rhumatoïde évolutive.
Spondylarthrite.
Obésité morbide.
Cancer de la vessie.

Un mystère

(*Récit écrit par Michel Cormenin, T3, 2*e *étage.*)

J'ai croisé en bas un monsieur que je n'avais jamais vu ici. Il était habillé bizarrement, avec un imperméable brun et un chapeau qui lui cachait à demi le visage ; on aurait dit un acteur des années cinquante. Il tenait un attaché-case en cuir. Comme j'allais récupérer mon courrier, il m'a demandé :

– Connaissez-vous l'immeuble à fond, Monsieur Cormenin ?

Sa voix était grave, rauque, avec un accent étranger. Espagnol, peut-être.

Comment savait-il mon nom ? Il ajouta :

– Cherchez la porte inutile, dans les sous-sols.

– Pardon ?

Il a souri, puis il a porté la main à son chapeau

pour saluer et s'en est allé. Je suis resté là, penaud, en me demandant ce qu'il avait voulu dire.

*

Les jours suivants, j'ai eu l'impression qu'il rôdait dans les parages. Il me semblait le reconnaître au loin, ou au volant d'une voiture – une berline allemande des années quatre-vingt, longue comme un paquebot. Il passait à petite allure et, derrière sa vitre, me dévisageait. Était-ce lui ? Impossible d'être sûr.

J'ai repensé à ce qu'il avait dit : la porte inutile des sous-sols.

*

Plus tard, j'ai croisé M. Brides, que je n'aime guère – il m'énerve avec ses accoutrements (une chemise à jabot : a-t-on idée ?) et ses airs supérieurs. Mais j'avais besoin de me confier.

– Avez-vous déjà vu un type rôder dans l'immeuble ? Vêtu d'un imperméable, et qui porte un chapeau.

– C'est le chapeau qui vous paraît bizarre ?

M. Brides en porte souvent.

– Non. L'allure générale.

Il a haussé les épaules.

– Ça ne me dit rien.

M. Brides m'a fixé d'un air mauvais, comme si le fait que je trouve suspect le rôdeur me rendait suspect à mon tour. J'aurais mieux fait de rentrer, mais je n'ai pas pu m'empêcher de lui poser la question qui me brûlait les lèvres.

– Si je vous dis : « la porte inutile dans les sous-sols », pensez-vous à quelque chose de particulier ?

*

M. Brides, évidemment, m'a pris pour un imbécile (il prend tout le monde pour un imbécile). En attendant, cette histoire n'a plus cessé d'occuper mon esprit.

J'ai passé tout le sous-sol au peigne fin – les garages, les caves, le local des poubelles, les locaux techniques –, sans succès. Je ne sais pas ce qu'a trafiqué l'architecte, mais ce sous-sol est un labyrinthe, truffé de micro-pièces où s'entassent des balais, des torchons, des cartons. Tous les couloirs font un coude, comme s'il détestait la ligne droite.

Le type avait parlé d'une porte. Avait-il voulu dire « ouverture », d'une manière générale ? J'ai cherché une trappe au plafond, ou dans le sol. Cette enquête n'a mené nulle part. Il n'y a rien à signaler, sauf l'hygiène déplorable du local poubelles et les excréments de rats. À la fois déçu et rassuré, je suis retourné à l'ascenseur. Juste à côté, la porte de la machinerie et son écriteau rouge : « Interdit à toute personne étrangère au service. »

Cette porte, par définition, n'est pas inutile. J'ai eu pourtant le réflexe de tourner la poignée.

Elle était ouverte. Et donnait sur un sas d'environ

deux mètres de long et un mètre cinquante de large, avec au bout une autre porte munie du même écriteau rouge ; ainsi qu'une troisième, à droite, sans indication, fermée à clef.

*

N'ayant pas eu le courage de la crocheter moi-même, j'ai demandé son aide à l'un des rares voisins en qui j'ai confiance, M. Durandat, non sans l'avoir averti que ma requête lui paraîtrait sans doute louche.

« Tout ce qui se passe dans cet immeuble est louche », a-t-il répondu.

Nous sommes descendus avec le matériel nécessaire pour forcer la serrure. J'avais cru que ce serait difficile, voire impossible, mais il ne nous a fallu qu'une minute pour en venir à bout. M. Durandat et moi nous sommes lancé un regard inquiet, puis nous sommes entrés.

La porte ouvrait sur une pièce obscure, très chaude – étouffante, même –, où régnait une rumeur, comme le ronronnement d'un gros moteur. À nos pieds, le plancher était en métal grillagé ; devant nous, une rambarde. On n'y voyait presque rien, mais nous avons cru distinguer derrière la rambarde une tuyauterie compliquée.

– On dirait une énorme chaudière.

– Il n'y a pourtant pas le chauffage central au Mayerling.

Des gouttes perlaient à nos fronts, à cause de la chaleur.

– Qu'est-ce que cette machine infernale ?

*

De : michel.cormenin@ruxis.com
À : syndic@gestimmo.net
Objet : plans

Bonjour,

J'ai découvert dans les sous-sols du Mayerling, près de la machinerie d'ascenseur, une cave inconnue renfermant une installation bizarre. J'aimerais en savoir plus car elle dégage une chaleur importante. Pourriez-vous me renseigner ? À défaut, merci de me mettre en contact avec l'architecte.

Cordialement,
Michel Cormenin
Appartement B6, deuxième étage

(*Ce message est resté sans réponse.*)

Nature

De nombreux habitants du Mayerling contractèrent la manie des balades en forêt. Sitôt qu'ils avaient un moment de loisir, M. Cormenin, M. Durandat, Mme Thuillier et bien d'autres chaussaient leurs souliers de marche et fonçaient loin de Rouvières – l'agglomération s'étale sur des kilomètres, il fallait rouler une demi-heure pour laisser derrière soi les hangars, les ronds-points, les supermarchés –, en quête d'un bois ou d'un coin de campagne où se délasser les jambes et se nettoyer la tête. Ils ne préparaient pas d'itinéraire, ne cherchaient pas un lieu en particulier ; n'importe quoi convenait, pourvu que ce fût verdoyant.

L'idée de ces excursions respiratoires les dévorait, comme une drogue.

Une fois dans les champs, les forêts, ils étaient enfin comblés ; ils marchaient, couraient, inspiraient, avec l'impression qu'on venait de leur ôter leur camisole.

Ils ramassaient des herbes, des glands, des fleurs, même laides et inodores, pour les ramener chez eux. Ils glissaient ces pauvres souvenirs dans des vases, sachant hélas que le Mayerling les ferait brunir et pourrir aussitôt.

Certains, poussés par une force irrésistible, randonnaient même la nuit. « Une fois, nous a confié M. Boisselier, n'arrivant pas à dormir, je suis parti à deux heures du matin pour Noguières, à trente kilomètres. Il pleuvait, mais l'air était doux. Une fois sur place, je me suis déshabillé – oui, déshabillé – et je me suis promené tout nu dans les champs, pendant une demi-heure. Puis je suis monté sur un promontoire rocheux et je m'y suis assis, pour attendre le lever du jour. Je suis rentré vers six heures, frigorifié. Je me demande si l'immeuble ne m'obligeait pas à faire de telles cures de nature pour me conserver en forme et pouvoir ainsi me persécuter plus longtemps, comme un tortionnaire soigne et nourrit ses victimes afin de repousser le moment de leur mort. »

Lors d'une autre escapade en campagne, M. Boisselier eut la surprise de croiser M. Camuzet, son voisin. Tous deux comprirent instantanément qu'ils étaient là pour les mêmes raisons. Ils se saluèrent, gênés, et passèrent leur chemin. Quoi dire ? « Vous non plus, vous ne supportez plus notre Mayerling ? »

Faillite

Un an tout juste après la livraison du Mayerling, CFR fit faillite. Rien n'avait laissé présager pareil événement. Apparemment, les dirigeants avaient multiplié depuis des années les opérations frauduleuses, maquillé les comptes et détourné des fonds. Le PDG, Carlos quelque chose, s'était enfui en Amérique du Sud ; au siège, à Valladolid, les cadres déboussolés déambulaient dans les couloirs ou faisaient leurs cartons, contemplant par la fenêtre les journalistes qui réclamaient d'interviewer quelqu'un.

L'IBEX 35 – la bourse madrilène – dévissa momentanément, à cause des répercussions possibles de ce fiasco sur le secteur du bâtiment.

Dès le lendemain de la faillite, des fissures apparurent aux façades du Mayerling, ainsi que des infiltrations dans les toits-terrasses qui inondèrent les habitants du dernier étage. De coûteuses réfections seraient nécessaires.

L'ascenseur, aussi, tomba en panne ; il avait été installé par une filiale de CFR. Il faudrait transférer le contrat de maintenance à une nouvelle entreprise, cela prendrait des semaines ; en attendant, les résidents des étages se muscleraient les mollets dans les escaliers. Sur ces derniers apparut une sorte de graisse invisible et inextirpable, qui les rendit très glissants. M. Durandat se fit une entorse en tombant, il fallut appeler les secours pour le conduire à l'hôpital ; l'un des pompiers, glissant au même endroit, se fêla une côte.

Au rez-de-chaussée, on trouva dans le jardinet de Mme Meunier un bloc de béton énorme, tombé des étages. Si Mme Meunier l'avait reçu sur le crâne, elle serait morte. Heureusement, elle était loin de chez elle, internée depuis quelques semaines à l'asile de Rouvières, où elle continuait sa collection d'ordures qu'elle entassait sous son lit.

Une assemblée générale de copropriétaires, quel spectacle passionnant ! C'est un chaudron, une arène, un ring où l'on règle ses comptes, publiquement, avec tous ses voisins qu'on déteste ; mais il faut continuer de cohabiter ensuite avec eux, d'où la difficulté : frapper fort pour soulager son cœur, mais pas trop, pour éviter la guerre.

C'est aussi une épreuve de stratégie. Il faut passer des alliances diverses, en fonction des sujets ; tel voisin insupportable sur le chapitre du bruit peut se révéler un partenaire précieux dans une coalition visant à faire obstacle à telle décision qu'on désapprouve ; il faut donc lui faire doucement la leçon sur le bruit, mais ne pas s'aliéner son soutien pour la décision. Retournements de veste et hypocrisie garantis ; je répète, c'est un spectacle.

– On pourrait vous prendre au mot, dit Braque, et organiser les assemblées en public, avec des gradins. Entrée 5 €, à verser sur le compte de la copropriété.

– Excellent. On se bousculerait aux A.G. les plus prometteuses, celles des copropriétés dont les habitants se haïssent. Le public applaudirait aux meilleures répliques, ferait du chahut, etc.

– Imaginez le pauvre gérant du syndic, qui doit faire procéder aux votes dans ces conditions !

Le rôle du gérant, grave question. Le bon déroulement de l'assemblée repose sur ses épaules. La plupart ne sont pas formés. Ils ont de vagues connaissances techniques et juridiques, mais ils ignorent l'essentiel : la psychologie des foules, l'art de diriger un débat. Au moindre désaccord entre les copropriétaires, ils sont dépassés. Comme les copropriétaires ne peuvent pas se taper trop dessus, pour les raisons indiquées ci-dessus, ils se retournent contre le syndic, transformé en punching-ball collectif. Syndic est un métier de chien.

Continuation du même sujet

Gestimmo avait confié le Mayerling à un jeune salarié, M. Valentier – bizutage, sans doute. M. Valentier, éberlué, avait découvert depuis quelques semaines l'incroyable accumulation d'avanies dans le bâtiment depuis l'origine. Il paniqua ; les copropriétaires seraient chauffés à blanc, l'A.G. serait un défouloir, la soirée, un enfer. (Les A.G. ont lieu le soir, après que les copropriétaires sont sortis du travail – les syndics espérant ainsi que, lessivés par leur journée, ils soient pressés d'en finir.)

Le jour J, M. Valentier ouvrit la séance avec la peur au ventre, persuadé que tout dégénérerait très vite. Mais, bizarrement, tout se passa bien.

« Personne ne m'a hurlé dessus, raconte-t-il, ni n'a menacé de m'étrangler. Les copropriétaires étaient, comment dire ? Hagards. Dépressifs. Absents. On aurait cru des zombies. Des soldats en permission, sous le choc de ce qu'ils ont vu dans les tranchées. Résultat, la réunion a duré moins longtemps que prévu.

Toutes les décisions mises aux voix ont été reportées, faute de majorité ; le taux d'abstention a été nettement supérieur à ce qu'on voit d'habitude. »

M. Valentier soupire.

« Les pauvres avaient l'air K.-O. »

Braque murmure :

« Mayerling, 1. Habitants, 0. »

À VENDRE

– Agence Immo-Prestige, bonjour.

– Bonjour. Puis-je parler à M. Delouis ?

– Ne quittez pas. *Agence Immo-Prestige à Rouvières : l'expertise de professionnels à votre service. Vente, location, consultez nos offres. Agence Immo-Prestige, 4, rue des Godets à Rouvières, téléphone...* Allô ? M. Delouis est en rendez-vous.

– Dites que Mme Lemoine a téléphoné.

– C'est à quel sujet ?

– C'est pour vendre un appartement.

– Son rendez-vous vient de s'achever.

PANNEAUX

– Mon cher Braque, vous qui aimez visiter des appartements en vente, vous auriez dû venir à Rouvières, à l'automne 20**, au Mayerling. La moitié de l'immeuble était sur le marché. Les Lemoine furent les premiers à accrocher sur leur balcon le panneau « À VENDRE », avec le logo de l'agence Immo-Prestige de M. Delouis ; dès le lendemain, des panneaux identiques apparurent aux balcons des Boisselier, des Durandat, de M. Paul, et ainsi de suite.

– On se demande pourquoi ils n'ont pas vendu plus tôt.

– Comme les Lemoine, ils ont mis du temps à comprendre que le Mayerling leur voulait du mal. Et puis, même après l'avoir compris, ils ont repoussé le moment d'agir.

– Pourquoi ?

– Refus d'admettre la vérité. Honte d'avoir été bernés. Tous ont dépensé des sommes folles pour un logement neuf au centre de Rouvières. Revendre au bout d'un an était une décision difficilement explicable à leur entourage, une sorte d'aveu d'échec.

Nous méditons un instant, en nous demandant comment nous aurions agi à la place de ces malheureux.

– Au bout de quelques jours, tout le bâtiment fut couvert de panneaux. Les passants, perplexes, se demandaient si c'était un gag. Beaucoup prenaient des photos.

– J'ai souvent vu de tels immeubles où tout est à vendre, dit Braque. On a l'impression que ce ne sont pas les habitants qui se débarrassent des appartements, mais l'immeuble qui se débarrasse des habitants.

– La chose amusante, c'est que ces panneaux ont un effet inversement proportionnel à leur nombre. S'il n'y en a qu'un, tout va bien. Deux, c'est ennuyeux, car les acheteurs peuvent comparer et faire baisser le prix.

Mais beaucoup, c'est catastrophique, car tout le monde croit que l'immeuble est pourri. Chaque pancarte est une contre-publicité pour les autres. Dans le cas du Mayerling, les agences, paniquées, se sont concertées, et certaines ont prié leurs clients d'ôter provisoirement leur pancarte, afin d'éliminer le problème.

– Ça a marché ?

– Non.

– Combien d'appartements ont-ils été revendus ?

– Zéro.

MALFAÇONS II

L'état de l'immeuble, pendant ce temps, empirait à vue d'œil. On aurait cru que les problèmes se donnaient le mot : « On peut y aller, CFR a fait faillite, les propriétaires sont sans recours » – un peu comme ces appareils électroniques qui, mystérieusement, tombent en panne le lendemain de l'expiration de la garantie.

Chez les Brides et les Boisselier, toutes les portes-fenêtres gondolèrent tout à coup. Impossible de fermer sauf en forçant, au risque de casser la poignée.

Dans tous les appartements, les carreaux de faïence des salles de bains tombaient.

La pression de l'eau dans les tuyaux devint erratique. Maximale quand on n'avait pas besoin d'eau, minimale, voire nulle, quand on voulait prendre sa douche ou son bain ; on n'obtenait qu'un misérable filet d'eau tiède, comme dans un pays sec.

Les lattes des parquets se disjoignaient, gonflaient, de l'eau venue de nulle part s'infiltrait partout. Mme Ximenez eut un lac artificiel dans sa chambre. En somme, il y avait de l'eau là où on n'en voulait pas, et pas d'eau au robinet.

On continuait aussi de trouver de tout dans les caves : reliefs de repas, seringues et préservatifs usagés, etc. Les serrures avaient pourtant été changées trois fois : comment les intrus s'y prenaient-ils ? Il aurait fallu installer des caméras. Embaucher un vigile. Mais c'eût été des dépenses supplémentaires, à ajouter aux charges courantes, déjà colossales.

Les boîtes aux lettres furent fracturées cinq fois.

Dans le hall, on découvrait souvent des carcasses d'oiseaux démantibulées.

Qui donc était assez fou pour les jeter là, au milieu du passage ?

L'ascenseur, au bout de trois semaines, fut enfin réparé. Mais, une semaine plus tard, il se bloqua de nouveau, entre deux étages, avec Mme Thuillier à l'intérieur.

L'immeuble entier donnait des signes de faiblesse, presque de délire. On aurait cru un programme victime d'un bogue, qui provoque des réactions aberrantes.

En même temps, cette folie semblait sous contrôle. Le Mayerling n'allait jamais trop loin ; notamment, il ne se mettait pas lui-même en danger : fissuré suffisamment pour obliger les propriétaires à des réparations coûteuses, mais pas au point de menacer la structure ; fuyant de partout mais sans que ce fût dangereux pour lui. Il faisait ce qu'il fallait, en somme, pour leur pourrir la vie tout en préservant la sienne.

Les résidents s'interrogeaient : pourquoi nous ?

Pourquoi chez nous plutôt qu'au Clos des Capucines, à la Villa Rivière, à la Résidence Diderot ?

Avons-nous fait quelque chose de mal ?

Prisonniers

Un jour, le mécanisme de la porte d'entrée s'enraya. Impossible d'ouvrir. M. Paul, tôt levé, comme toujours, découvrit le premier le problème, dès sept heures du matin ; il téléphona aussitôt au syndic pour réclamer une intervention. Il n'y avait évidemment personne pour lui répondre, à cette heure matinale ; il laissa un message.

M. Lequennec descendit à son tour, à sept heures vingt. Il trouva M. Paul qui lui expliqua la situation.

– On ne peut pas sortir, alors ?

– Par ici, non.

– Passons par les garages.

– Vous avez votre bip ?

M. Lequennec dégaina la petite télécommande qu'il transportait toujours dans sa poche. Ils se rendirent au sous-sol. Arrivés devant la porte automatique du garage, ils actionnèrent la télécommande. Pas de réponse. M. Lequennec frotta le petit boîtier contre son gilet, puis appuya de nouveau sur le bouton. Toujours rien.

– Faites voir, dit M. Paul.

Mais il n'obtint pas plus de résultats.

– Je ne comprends pas, s'agaça M. Lequennec. Hier soir, ça marchait très bien.

M. Paul eut un mauvais pressentiment. Il remonta chez lui et revint avec son propre bip.

Il ne fonctionnait pas non plus.

On ne pouvait plus sortir du Mayerling, ni par le hall ni par le garage.

– Nous voilà enfermés, dit M. Paul.

– Prisonniers.

Ils retournèrent dans le hall où se trouvaient maintenant M. Thuillier, Mme Compère et M. Boisselier. Mme Compère, sujette à la claustrophobie, expliqua qu'elle allait vite se sentir mal si on ne pouvait pas sortir de l'immeuble.

– On ne va pas sauter par les balcons, quand même ! s'exclama M. Thuillier.

– Il y a plus simple, dit M. Paul. Passons par les portes-fenêtres des appartements du rez-de-chaussée.

Ils sonnèrent chez M. Griet, puis chez M. Louvois, locataires en rez-de-chaussée, mais aucun ne répondit. Restait l'appartement de Mme Meunier, la folle.

– Elle est à l'asile, rappela M. Thuillier.

– Mais il y a son fils.

On sonna. Un gros homme mal rasé d'environ quarante ans ouvrit, le visage couperosé, mal coiffé, mal vêtu, antipathique et repoussant.

– Je suis navré de vous déranger, dit M. Durandat,

mais les issues sont bloquées. En attendant que ce soit réparé, il nous faudrait passer par chez vous.

M. Meunier le considéra d'un air stupide.

– Je vous préviens, dit-il, je n'ai pas eu le temps de ranger.

C'était peu dire. Il partageait avec sa mère la passion des ordures et de la brocante : l'appartement était encombré de sacs, d'objets en tous genres, de journaux, de prospectus, de brochures et de détritus, entassés jusqu'au plafond. Le sol était jonché de conserves. Spectacle sidérant, qui agressait l'œil et le nez.

– Attendez, dit-il en écartant les ordures avec son pied. Je vais créer un chemin jusqu'à la porte-fenêtre.

Tous les résidents, ce jour-là, furent obligés pour quitter l'immeuble de traverser cette forêt d'immondices. Ils la retraversèrent le soir pour rentrer car la porte ne fut débloquée que le lendemain, et celle des garages la semaine suivante.

Nouvelles pesées

	M. Flandrin	Mme Lefebvre
E + 12 mois	53 kg	79 kg
E + 13 mois	50 kg	83 kg
E + 14 mois	50,5 kg	84 kg
E +15 mois	47 kg	87 kg
E + 16 mois	Hospitalisation	90 kg

– À ce stade, dis-je à Braque, un élément d'information me fait défaut. Je ne sais pas comment s'est constituée la société secrète.

– La société secrète ?

– Un noyau d'habitants qui, persuadés que l'immeuble était maléfique, se sont rapprochés pour le combattre. Formant, du coup, une société secrète.

– Pourquoi « secrète » ?

– Parce que ses membres ont préféré rester d'abord entre eux, sachant qu'on les trouverait fous s'ils annonçaient d'emblée la couleur à tout le monde. Ils ont décidé, dans un premier temps, d'œuvrer clandestinement.

– Qui sont ces fondateurs ?

– C'est ce que j'ai échoué à découvrir. Les habitants qui ont bien voulu me rencontrer ne m'ont rien révélé à ce sujet. De deux choses l'une : ou bien ceux à qui j'ai parlé n'étaient pas dans le noyau ; ou bien ils étaient dans le coup, mais ils l'ont caché.

– Pourquoi ?

– Bonne question. Il n'y a pas de quoi avoir honte, au contraire. Même, j'incline à penser que l'action de la société secrète a sauvé des vies. Donc, si les fondateurs se taisent, c'est soit par modestie – volonté de ne pas tirer la couverture à soi –, soit parce qu'ils ont peur de quelque chose.

– De quoi ? Le Mayerling est mort.

– J'ai une hypothèse.

– Dites.

– Elle m'a été inspirée par un propos de Mme Ximenez, qui hésite depuis cette affaire à pénétrer dans un immeuble. Elle craint que le Mayerling n'ait communiqué ses mauvaises ondes à ses semblables, dans un rayon de plusieurs kilomètres, mettant en quelque sorte un contrat sur la tête de ses anciens habitants.

Braque me regarde d'un air neutre.

– Je sais, dis-je, ça a l'air absurde.

– Ça l'est.

Il se caresse le menton.

– Ainsi, les immeubles se parleraient. Ils échangeraient des informations.

– Je ne sais pas. C'est une possibilité.

– Le béton communiquerait avec le béton.

Braque s'esclaffe.

– Vous imaginez ? Tous les buildings de la planète se concertant pour déclencher la guerre contre l'homme. Du jour au lendemain, ils s'écrouleraient sur nos têtes, des blocs chuteraient du dernier étage, etc. Or, comme la majorité de la population mondiale aujourd'hui vit en ville, agglutinée dans ces immeubles, l'espèce entière serait menacée.

– Tel est peut-être leur dessein secret, derrière leur allure inerte et débonnaire. Nous exterminer, puis régner sur la Terre nettoyée. Une nouvelle ère commencerait : après l'âge des dinosaures et celui des hommes viendrait celui des tours et des résidences.

Braque regarde la ville autour de nous, le macadam sous nos pieds, les buildings.

– Elles ont déjà remporté quelques batailles, il me semble.

EXORCISME

Je suis à peu près certain tout de même que parmi les fondateurs de la société figuraient Mme Ximenez (T2, 4ᵉ étage), M. Paul (T3, 3ᵉ étage) et M. Cormenin (T3, 2ᵉ étage). Tous avaient compris qu'une telle série de déboires ne pouvait être le fruit du hasard, qu'il n'était pas possible que tant de malheur s'accumulât sur eux sans raison, et que l'immeuble, seul point commun entre eux, en était forcément l'origine. Aucun d'eux n'était pourtant versé dans le paranormal et, quelques mois plus tôt encore, l'idée qu'un bâtiment puisse être animé d'intentions hostiles les aurait fait rire. Mais aujourd'hui, ils étaient prêts à y croire, et à en tirer les conclusions.

Aussi, un jour, on vit débarquer au Mayerling un grand type barbu vêtu de noir, qui ressemblait à un moine orthodoxe famélique. Il avait le regard perçant, portait sur l'épaule un sac en toile verte et paraissait venir d'une autre époque.

C'était un exorciste. M. Étienne Simonin.

La société secrète l'avait contacté pour avoir son avis sur le Mayerling. Je ne sais pas qui a eu cette idée ; toujours est-il qu'il était là, de bon matin, contemplant l'immeuble, comme s'il prenait la mesure de son adversaire.

Il avait expliqué au téléphone qu'il ne pouvait pas établir de diagnostic à distance, et qu'il facturerait ses déplacements.

Il fut reçu à la grille par une délégation composée, donc, de Mme Ximenez, M. Paul et M. Cormenin. Mme Ximenez lui proposa de déposer son sac chez elle et de lui servir un thé, cependant qu'ils lui exposeraient toute l'affaire. Mais il préféra visiter l'immeuble sans attendre.

Ses trois hôtes étaient impressionnés par l'apparence de M. Simonin, son grand front pâle, ses cheveux mi-longs très noirs, sa barbe anachronique. Il les dépassait tous d'une tête, et donnait l'impression de ne pas savoir quoi faire de son corps un peu dégingandé. M. Paul remarqua ses chaussures, gros godillots à coque renforcée. Il se demanda si M. Simonin n'était pas un ancien militaire, mais il n'osa pas poser la question.

La petite troupe fit faire à l'exorciste le tour de la copropriété. M. Simonin plissait les yeux. On aurait dit qu'il avait une caméra fichée dans le crâne, et qu'il enregistrait tout sur une bande vidéo intérieure. De temps en temps, il marmonnait quelque chose.

– Oui, Monsieur Simonin ?

– Rien.

De temps en temps, il s'arrêtait net, portait les doigts à ses tempes et fermait les yeux. Était-ce sa façon d'entrer en contact avec l'esprit du bâtiment ? Ou avait-il simplement la migraine ?

Dans le hall, M. Simonin examina longuement les boîtes aux lettres.

– Tiens, dit-il en pointant celle de M. Paul, voici la vôtre.

Et il sourit comme un gamin qui a trouvé un œuf de Pâques.

M. Cormenin, déjà, commençait de s'interroger si ce n'était pas un charlatan. Mais il s'efforça de chasser cette idée de son esprit car, si M. Simonin était bien sorcier, il savait peut-être lire les pensées.

Ils montèrent au dernier étage par l'ascenseur – réparé depuis la semaine précédente, après une énième panne –, puis redescendirent par les escaliers, avec une halte à chaque palier. M. Simonin inspectait, observait, mais ne disait toujours rien.

Ils visitèrent enfin le local poubelles, les caves, les garages et le local technique. Près de l'ascenseur, M. Simonin parut attiré par la fameuse porte qu'avait découverte M. Cormenin. Ce dernier s'en aperçut.

– Tout va bien, Monsieur Simonin ?

L'exorciste le considéra durement.

– Il y a quelque chose, ici. Nous reviendrons.

Il se massa de nouveau les tempes.

– Si vous voulez, dit M. Cormenin, je peux ouvrir, et…

– Nous reviendrons.

M. Cormenin eut un mouvement de recul.

– Comme vous voudrez.

Ils finirent par l'allée des garages, où l'éclairage au néon leur donnait à tous un teint de cadavre.

Les copropriétaires attendaient son verdict. Pensait-il comme eux que l'immeuble était hanté ? Saurait-il chasser les démons qui y avaient élu domicile ?

Ils furent alors rejoints par le couple Brides, venu prendre sa voiture au garage.

– Que se passe-t-il ? demanda M. Brides.

Sa femme, comme toujours, demeurait en retrait, mutique. Elle regardait M. Simonin d'un drôle d'air.

– Rien, dit M. Paul en enfonçant ses mains dans ses poches. Nous faisons un tour.

Il n'avait pas envie de mettre cet imbécile dans la confidence. Mais Mme Ximenez désigna M. Simonin.

– Nous expliquons à Monsieur tout ce qui ne va pas dans l'immeuble.

– Et vous êtes ? demanda M. Brides en levant la tête vers M. Simonin – face à face comique de ce petit homme rond et court avec cet autre filiforme et immense.

L'exorciste prit une voix sépulcrale.

– Étienne Simonin. Je m'occupe des esprits.

M. Brides se tourna vers M. Paul qui souriait, gêné.

– M. Simonin, expliqua Mme Ximenez, est venu expertiser l'immeuble pour dire s'il est pollué par, euh… une présence, disons, qui serait à l'origine de nos problèmes.

– Une présence, répéta M. Brides.

– Oui, soupira l'exorciste. Il y a dans ces murs – il jeta un regard autour de lui – une force étrange et puissante. Je ne peux pas dire en quoi elle consiste. Si vous vous concentrez, vous le sentirez aussi. Elle parle.

Il planta ses yeux dans ceux de M. Brides.

– À vous aussi, Monsieur Brides.

M. Brides éclata.

– Qu'est-ce que c'est que ces âneries ? Et d'abord, qui vous a dit mon nom ?

Il était peut-être bien mage, après tout.

M. Brides secoua la tête.

– Vous êtes cinglé.

Et il ajouta, à l'intention de ses copropriétaires qui le regardaient d'un air navré :

– Vous êtes tous cinglés.

Nouvelles visites

J'ai tenté, vous pensez bien, de retrouver ce M. Simonin. Hélas, il a disparu de la circulation.

(Braque : « Il n'est pas dans les pages jaunes ? À la rubrique "Exorcisme" ? »)

Simonin revint plusieurs fois. M. Paul m'a raconté que, à la fin de sa première visite, après l'incident avec Brides, il avait dégainé un petit agenda pour fixer la date de son prochain passage. « La semaine prochaine, non » ; apparemment, il était très pris. Difficile de savoir si c'était un genre qu'il se donnait, ou s'il était vraiment une vedette dans son domaine. Deux semaines plus tard, il était de retour. Il se fit à nouveau guider dans tout l'immeuble, « pour mesurer l'évolution du mal », et Mme Ximenez lui raconta les nouveaux malheurs et maladies qui avaient frappé les habitants.

Les sociétaires avaient été rejoints cette fois par les Lequennec ; et, la fois suivante, pour le troisième rendez-vous, par M. Lefebvre et Mme Dubois. La société secrète, comme on voit, était de moins en moins secrète. Les habitants, d'une certaine façon, se divisaient en deux, ou plutôt en trois : 1° les sociétaires, convaincus de la nocivité de l'immeuble ; 2° ceux qui, n'y croyant pas, désapprouvaient leurs initiatives délirantes, comme M. Brides ; et 3° ceux qui n'étaient pas au courant, notamment les locataires (les étudiants du quatrième, M. Griet, les Louvois, etc.), que la société secrète n'avait pas jugé utile de joindre au mouvement, du moins pour le moment, parce qu'ils étaient moins concernés que les propriétaires et, aussi, à cause de cette condescendance universelle de tous les propriétaires du monde à l'égard de tous les locataires.

L'exorciste revint en tout six fois (huit, corrige Mme Boisselier ; mais elle se mord la lèvre, hésite : peut-être six, en fait). Mais déjà la deuxième, la société secrète se posait des questions sur l'utilité de son action. On attendait qu'il lançât la thérapie ; mais il ne faisait rien. Seule Mme Ximenez, la plus attachée à lui (elle l'avait même hébergé une fois chez elle, parce qu'il avait raté son train de retour), lui maintenait aveuglément sa confiance ; s'il ne nous dit encore rien, affirmait-elle, c'est parce que ce n'est pas exprimable. Il lui faudrait nous parler dans son langage de mage, que nous ne possédons pas ; alors, plutôt que de nous frustrer, il se tait. Et puis, qui nous dit qu'il n'administre pas déjà un traitement ? Peut-être que, pendant ses déambulations dans l'immeuble, dans les cages d'escalier, les appartements, jusque dans les caves (il se les était fait ouvrir pour inspecter leur contenu), il combattait les ondes néfastes, et prononçait dans sa tête des formules d'exorcisme. Mais les autres sociétaires se persuadèrent bientôt qu'il se payait leur tête. Au bout de quelque temps, ils réclamèrent qu'on lui fixe un ultimatum : on continuerait de le payer, mais à condition qu'il obtienne des résultats, ou du moins qu'il explique ce qu'il comptait faire.

Ces exigences lui furent communiquées à sa visite suivante. Il les prit mal ; son visage, ordinairement pâle, vira au rouge. Il répondit qu'il ne pouvait pas travailler dans ces conditions, et qu'il était très déçu par eux. Alors M. Paul, très remonté – peut-être parce qu'il avait placé en lui de grandes espérances –, lui lança qu'il n'était qu'un escroc. Mme Ximenez tenta de s'interposer, mais le mal était fait. M. Paul ajouta qu'il ne voulait plus rien avoir à faire avec ce « grand guignol barbu », et tourna les talons en jurant.

Mme Ximenez supplia M. Simonin de rester malgré tout, pour achever son travail ; il se fit prier longuement, puis il consentit à faire une dernière fois dans l'immeuble les gestes étranges auxquels il les avait habitués (imposition des mains sur les murs, méditation dans les escaliers, etc.). Il ne resta cependant qu'une demi-heure, moins que d'habitude ; puis il réclama son chèque et partit, boudeur, non sans avoir lancé à ses clients cet avertissement :

« Prenez garde : il est en guerre, il ne reculera plus. »

Les choses empirent

De fait, au cours des semaines suivantes le Mayerling redoubla d'efforts pour pourrir la vie de ses habitants.

Mme Flandrin fut agressée dans le parking par des inconnus masqués qui lui volèrent son sac.

Les intrusions de lycéens se multipliaient, on trouvait désormais chaque jour dans les caves des préservatifs usagés et des excréments.

Les appartements se délabraient en accéléré. De nombreux stores électriques tombaient en panne en position fermée. Toute la tuyauterie fuyait, l'immeuble à lui seul consommait plus d'eau que tous ceux du quartier réunis. Des odeurs insoutenables empuantissaient les couloirs. Les peintures s'écaillaient, tout tombait en ruine.

Les habitants, eux, devenaient agressifs ; le facteur s'était fait insulter ; on assistait chaque jour à des querelles dans le hall.

M. Duharmont, le mélomane du premier, amateur de musiques viriles et de basses vibrantes, fut tabassé dans le couloir par MM. Camuzet et Boisselier, qu'il avait dérangés une fois de trop. M. Boisselier, après l'avoir roué de coups, dégaina même un marteau ;

M. Camuzet crut que c'était pour défoncer la tête de M. Duharmont, et suggéra qu'on le laisse en vie. M. Boisselier ricana puis pénétra chez leur victime : il voulait en fait réduire sa chaîne hi-fi en miettes.

Bibliothèque immobilière : Ballard

Cette atmosphère de déréliction n'est pas sans rappeler *I.G.H.*, roman de James Ballard, classique des classiques – l'un des rares romans dont on puisse dire, en fait, qu'un immeuble est son personnage central.

I.G.H. : *Immeuble de Grande Hauteur*, en anglais, *High Rise*. Ballard met en scène cinq tours gigantesques et luxueuses, de quarante étages chacune, érigées en lisière d'une ville (Londres ?) et ceintes d'un parking. Chacune contient mille appartements. Ces « villes verticales » (titre d'un chapitre) comportent piscines – 10e et 35e étages –, supermarché, marchand de vin, école, etc. Les propriétaires appartiennent à la classe moyenne supérieure : chirurgiens-dentistes, experts-comptables, universitaires, pilotes de ligne, présentateurs de télévision. (En 1974, les présentateurs de télévision faisaient encore partie de la classe moyenne supérieure.) En dépit de cette population homogène, des clans se forment tout de suite dans la tour, par étages : les habitants des étages supérieurs méprisent ceux des étages inférieurs, qui les haïssent en retour. L'ambiance se détériore. Pour ne rien arranger, tout tombe sans cesse en panne – les ascenseurs, l'électricité, la climatisation, le vide-ordures. Bientôt, la guerre civile éclate…

Il faudrait plusieurs pages pour analyser ce roman. Paru en 1975, il est visionnaire ; en même temps, il parle d'un phénomène aujourd'hui daté, les ensembles inhumains à la Le Corbusier, immensément hauts, construits à l'orée des villes ou au milieu des champs. Le problème, de nos jours, a changé : c'est plutôt l'envahissement des centres-villes par des immeubles plus petits mais tout aussi nocifs ; comme si l'ennemi, après un temps d'arrogance et de gigantisme (années soixante/soixante-dix), se présentait désormais sous des atours plus modestes, pour s'introduire en douce au cœur des agglomérations. Il n'y a plus qu'à Dubaï ou Doha, cités grotesques où s'exemplifie l'*hybris* de la richesse couplée à l'inculture, que l'esthétique immobilière à la Ballard est encore visible. (Dans certaines capitales d'Asie, aussi.)

– Il faudrait, me dit Braque à qui j'expose mon analyse, en débattre longuement. Nous devrions organiser un colloque sur *I.G.H.*

– Bonne idée. En attendant, voici quelques extraits qui me paraissent résonner avec notre histoire.

*

« Les six derniers mois n'avaient été qu'une période de querelles incessantes entre ses voisins, un enchaînement de futiles chamailleries au sujet du mauvais fonctionnement des ascenseurs, ou de la climatisation, des inexplicables pannes d'électricité, du bruit, des luttes pour les places de parking ; en somme, de tout le catalogue de nuisances banales que les architectes étaient justement censés avoir éliminées de ces coûteuses habitations. »

*

« Elle parlait de la tour comme de quelque gigantesque entité qui faisait sentir sa présence autour d'eux et surveillait d'un œil expert le déroulement des événements. Cette façon de voir ne manquait pas de justesse : les ascenseurs pompant dans leurs cages évoquaient des contractions cardiaques, les habitants circulant dans les couloirs étaient les globules d'un réseau artériel, les lampes dans leurs appartements figuraient les neurones d'un cerveau. »

*

« Les témoignages accumulés depuis plusieurs décennies avaient eu beau laisser planer un doute sur la viabilité de la tour comme structure sociale, les considérations d'économie dans le domaine du logement social et du profit élevé chez les promoteurs privés n'en continuaient pas moins de faire jaillir vers le ciel ces villes verticales au détriment des besoins réels de leurs habitants. »

*

« La tour était un persécuteur hargneux décidé à leur faire subir toutes les brimades imaginables. »

*

« La cruauté, la violence jouaient un rôle bénéfique. Elles manifestaient authentiquement l'esprit de la tour, elles traduisaient ses aspirations et ses rêves les plus profonds. »

AU CAFÉ

Malgré l'échec de l'opération « exorcisme », la société secrète ne fut pas découragée. Au contraire, ce fiasco redoubla son ardeur à combattre. Si le Mayerling avait espéré que les sociétaires se lassent, c'était raté.

La société se réunissait désormais chaque semaine à *La Commanderie*, un café de la place du 12-Novembre, pas très loin du Mayerling – pour pouvoir s'y rendre à pied –, mais pas trop proche non plus – pour que le Mayerling n'espionne pas les réunions[1]. Les sociétaires préparaient là des plans de

1. Les premières réunions avaient eu lieu chez Mme Ximenez mais, chaque fois, les participants au bout de quelques minutes s'étaient sentis mal, au point qu'il avait fallu lever la séance. Ils avaient fini par comprendre que le Mayerling les perturbait, et qu'il n'était pas possible d'installer leur Q. G. au cœur même des lignes ennemies.

bataille, s'échangeaient des noms de rebouteux, de prêtres, d'experts en pathologies du bâtiment. C'était aussi pour eux l'occasion de s'épancher, de lâcher ce qu'ils avaient sur le cœur. Certains fondaient parfois en larmes, ce qui ne manquait jamais de surprendre M. Jérôme, le patron de *La Commanderie*, qui les observait depuis son comptoir.

– Vous faites quoi ? leur demanda-t-il un jour. Une thérapie de groupe ?

– Un peu, reconnut Mme Ximenez.

– Pardon, intervint M. Lequennec, c'est autre chose. Voyez-nous plutôt comme une unité de combat.

Ce vocabulaire inquiéta le cafetier.

– Un combat contre qui ?

– Contre le Mayerling.

M. Jérôme pensa à l'archiduc héritier d'Autriche, et il crut que M. Lequennec se payait sa tête.

Rêves

Souvent les sociétaires voyaient le Mayerling dans leur sommeil. Certains m'ont raconté leurs cauchemars. Dommage que je ne sois pas psychanalyste, pour les décortiquer. (Les psychanalystes qui me lisent peuvent m'écrire.)

Un tel, par exemple, rêvait que le Mayerling était à terre, démoli, réduit à l'état de gravats. Or, comme il errait, penaud, parmi les décombres, les briques, ferrailles et moellons se mettaient à bouger tout seuls, et s'assemblaient ; l'immeuble se recomposait, comme par magie. Au bout d'une heure, le Mayerling était sur pied de nouveau, comme neuf.

Un autre rêvait d'une trappe au sous-sol, cachant un escalier. Au bas de cet escalier, un palier : c'était le dernier étage d'un autre Mayerling, un Mayerling *souterrain*, miroir du premier. Au sous-sol de ce Mayerling n° 2, une seconde trappe cachait un autre escalier menant au dernier étage d'un Mayerling n° 3. Et ainsi de suite, jusque dans les profondeurs de la Terre.

Un autre encore rêvait qu'il était bloqué dans l'ascenseur, et que celui-ci se mettait à rétrécir. L'ascenseur le compactait, le réduisait en bouillie entre ses parois.

Je cite enfin ce rêve : un habitant du Mayerling, sur son balcon, entendait une sirène de police sur le boulevard ; un convoi de véhicules officiels approchait ; un transfert de détenus. Les camions pénitentiaires s'arrêtaient devant le Mayerling, un groupe de prisonniers dangereux sortait. On les enfermait ici, au milieu des habitants.

Journal de bord

Faits notables, du 7 mars au 16 mai 20**.

– Mme Camy agressa sexuellement M. Durandat dans le hall. M. Durandat menaça de porter plainte, puis il renonça sous condition que Mme Camy soigne sa nymphomanie. Cette dernière quitta le Mayerling peu après, pour commencer une cure.

– Les Thuillier, les Boisselier, les Compère, les Chautemps et huit autres propriétaires confièrent à Me Benoît Chaton, avocat à Rouvières, le soin de défendre leurs intérêts dans leur litige contre CFR, ou plutôt contre le liquidateur judiciaire de CFR. Ils réclamaient des dommages et intérêts, sans grand espoir.

– M. Flandrin rejoignit la société après que le plafond de son appartement se fut écroulé dans son salon.

– Mme Lequennec fut victime, chez elle, d'une crise de démence. Elle jeta tout ce qui lui tombait sous la main par la fenêtre – entreprise facilitée par le fait que celle-ci, cassée, ne fermait plus –, bibelots, livres, chaises, vaisselle, papiers, pendule, chaussures, jusqu'aux pistolets napoléoniens de son mari. Enragée, elle parvint même à pousser sur le balcon deux bergères imitation Louis XV de 60 kilos chacune, en vue de les basculer par-dessus la rambarde. Elle allait y réussir quand son mari la maîtrisa. Le médecin, appelé pour lui injecter un calmant, fut pris d'un malaise à son entrée dans l'immeuble.

La crise des déchets

C'est vers cette époque qu'eut lieu la crise des déchets de Rouvières.

Le ramassage des ordures était confié depuis toujours à une société privée, la SRS (Société Rouviéroise de Services, en abrégé « la Rouviéroise »), où le climat social était exécrable. Les grèves s'y succédèrent, jusqu'à l'interruption totale du service à partir du 6 avril 20**.

Il en va du ramassage des ordures comme d'autres services publics, on n'en mesure bien l'utilité que quand ils font défaut. Le problème, s'agissant des ordures, est spécialement sensible en ville, où il n'y a pas de solution de repli. Autant la campagne supporte quasi indéfiniment l'absence de ramassage (on donne les restes aux cochons, on entasse les déchets dans la grange, on les enfouit dans le jardin), autant l'habitant des villes est tout de suite saturé, vu sa faible capacité de stockage.

Aussi la situation dans Rouvières devint-elle rapidement critique.

Au bout de trois jours, des montagnes de déchets se formaient déjà partout. Les rats déchiraient les sacs, le vent répandait les plastiques, cartons et boîtes vides ; toutes sortes de saletés se collaient à la face des passants, comme des insectes.

Tout était bon pour se débarrasser de ses déchets, si possible loin de chez soi. On les balançait chez le voisin, ou dans le quartier d'à côté, pour préserver son cadre de vie. Les immondices voyageaient ainsi dans toute la ville, avec pour résultat qu'on en avait autant chez soi que si on avait gardé les siens ; simplement, au lieu des siens, on avait ceux des autres.

Certains lieux, véritables abcès de fixation, accueillaient des monceaux d'ordures gigantesques, qui forçaient les voisins à déménager temporairement à cause de l'odeur. Le phénomène était cumulatif : voyant ces amoncellements de détritus déjà énormes – une « montagne », comme on dira bientôt –, les passants n'avaient pas de scrupule à y ajouter les leurs. C'était la « loi des montagnes » : toute montagne apparue grossissait mécaniquement, et voir naître une montagne près de chez soi était la hantise des Rouviérois.

L'une des pires, on l'a deviné, s'élevait évidemment au carrefour de la rue Mayerling et du boulevard Voltaire, contre le mur d'enceinte du Mayerling – une gigantesque décharge à ciel ouvert, haute de 5 mètres, qui croissait continûment, avec tout autour des montagnes plus petites, comme une chaîne de l'Himalaya.

Quel dommage que Mme Meunier ne fût plus là pour voir ça !

Retour du chapeau

Comme il arpentait la rue Mayerling jonchée d'ordures, M. Cormenin aperçut l'homme au chapeau. Il l'aurait reconnu entre mille, avec sa silhouette de flic de polar, son galurin, son imper.

Il contemplait la montagne de déchets, en se pinçant le nez.

M. Cormenin le héla. L'autre tourna la tête et, l'ayant vu, partit d'un pas pressé.

« Attendez ! » cria M. Cormenin.

La société secrète n'était plus tellement secrète à présent, la majorité des propriétaires l'ayant rejointe. Seuls quelques récalcitrants comme M. Brides, ou MM. Bergerat et Bouche que nous n'avons pas encore rencontrés, refusaient d'adhérer – tous propriétaires de grands appartements, ce qui faisait dire aux sociétaires que c'était du mépris de classe. Accusation de mauvaise foi, car la société comptait des membres opulents – M. Flandrin, par exemple, propriétaire d'un cinq-pièces au cinquième étage, inhabitable à cause des infiltrations d'eau.

En attendant que les Brides et consorts cèdent et s'inscrivent, les sociétaires élaboraient leur plan de bataille.

– Pour bien combattre son ennemi, dit M. Camuzet, il faut bien le connaître. Or, nul ne connaît mieux le Mayerling que son concepteur. Retrouvons l'architecte.

– Si ça se trouve, objecta Mme Ximenez, il n'y est pour rien.

– Les architectes n'y sont jamais pour rien.

Mais comment mettre la main sur lui ? Et quel était son nom, d'abord ?

– Jadis, remarqua M. Lefebvre, les noms des architectes étaient gravés en gros sur les façades. Coutume abandonnée : ils n'assument plus.

– Je suppose que les plans ont été dessinés en Espagne, dit M. Paul.

– N'est-ce pas précisé sur nos plans individuels, dont nous disposons comme propriétaires ?

– Non. J'ai vérifié.

– Et dans le règlement de copropriété ?

– Non plus.

– Interrogeons le syndic.

– Inutile, ricana Mme Ximenez. Des bons à rien.

Approbation générale.

– Nous devons retrouver ce criminel par nos propres moyens, conclut Mme Ximenez.

M. Paul suggéra d'embaucher un détective.

– Vous en connaissez ?

– Non. Mais ça doit se trouver.

– C'est une profession pleine de brebis galeuses, prévint Mme Thuillier.

– Comme les agents immobiliers, enchaîna M. Thuillier. Les promoteurs. Les syndics.

Un silence suivit.

– Bon, dit M. Paul. Je propose de soumettre au vote une motion chargeant l'un de nous de dégoter un détective sérieux, abordable, et de le missionner pour qu'il trouve l'architecte.

M. Camuzet serra le poing, son visage se crispa.

– Et si nous ne trouvons pas de détective, je suis prêt à me rendre moi-même en Espagne pour mener l'enquête.

Tracts

À cette époque apparurent des affichettes sur les murs et lampadaires du quartier Voltaire. Le texte était en capitales noires sur fond beige. La plupart des riverains n'y prirent pas garde, mais M. Cormenin, intrigué, les photographia toutes.

QU'ATTENDEZ-VOUS POUR AGIR ?

IL EST TEMPS DE VOUS BATTRE

ASSEZ TERGIVERSÉ

L'HEURE EST VENUE

Quelques jours plus tard, M. Cormenin en trouva une autre, pliée en quatre et glissée dans sa boîte aux lettres (les autres résidents l'avaient-ils reçue aussi ?) :

VOUS N'AVEZ PLUS LE CHOIX

Et celle-ci, scotchée dans le hall :

VOUS CONNAISSEZ LA SOLUTION

Qui les avait posées ? L'homme au chapeau ? M. Cormenin était perplexe. « Vous connaissez la solution. » La solution de quoi ?

Le lendemain, nouveau tract :

AGISSEZ

D'accord. Mais comment ?

Catastrophe

À la fin du mois de juin, un terrible orage s'abattit sur Rouvières. Des vents de 160 kilomètres/heure arrachèrent des toits, des arbres, du mobilier urbain. Des trombes d'eau s'écrasèrent sur la ville, saturant les canaux de ruissellement et transformant les caniveaux en torrents. L'eau recouvrait les chaussées, pénétrait dans les maisons, trempait tout ; sur la place Berbisoy où débouchaient cinq rues pentues, l'eau monta à un mètre, et la place Henri-François toute proche fut transformée en étang. Place de la République, la statue de la Liberté avait pour la première fois de sa vie les pieds dans l'eau.

Les courants puissants emportaient les voitures, comme des jouets. Des malheureux, seuls au milieu des flots, cherchaient en vain des refuges. Les voisins derrière leurs fenêtres les filmaient avec leur téléphone, puis envoyaient les images aux chaînes d'information en continu.

L'eau affolée cherchait à s'infiltrer dans le sol mais ne trouvait d'accès nulle part, à cause du bitume imperméable ; elle allait donc plus loin, dévastant tout sur son passage.

La rue Mayerling, au bas de la colline Montcharles, devint un fleuve, qui charriait des ordures (les reliquats de la crise des déchets, à peine achevée), des branches et des ferrailles. Tous les parkings en sous-sol furent inondés sous un mètre d'eau.

Au Mayerling, ce fut pire : pour une raison inconnue, l'eau monta jusqu'au plafond. Aux flots de la rue s'ajoutaient ceux qui remontaient des profondeurs. En moins d'une minute, le sous-sol de l'immeuble fut submergé.

Quand, au bout de plusieurs heures, la crue se retira, on trouva deux cadavres étendus là dans des positions étranges, telles des marionnettes démantibulées. C'était M. Dubois, venu évacuer sa précieuse voiture et surpris par la montée brutale de l'eau ; et Mme Diallo, la concubine de M. Brides, descendue dans sa cave pour une raison inconnue.

AFFICHETTE DANS LE HALL, APRÈS L'INONDATION

ET MAINTENANT ?

Deux morts ! L'immeuble avait remporté la première bataille. Il n'y aurait pas de quartier. L'homme ou la bâtisse : il fallait choisir son camp.

La société secrète était au pied du mur.

Choqués par ces décès tragiques, comprenant que quelque chose était en train de dérailler, la plupart des locataires du Mayerling donnèrent leur congé. Partis, les étudiants du quatrième qui avaient pourri la vie de M. Paul ; partis, M. Leprince du deuxième étage et les Louvois du rez-de-chaussée. Ne restaient comme locataires que M. Griet et M. Duharmont. Ce dernier n'allait pas tarder à déguerpir, suite à son altercation avec MM. Camuzet et Boisselier.

M. Griet reçut la visite d'une délégation de propriétaires : Mme Ximenez, M. Paul, M. Thuillier, M. Lequennec et Mme Lefebvre.

– C'est à quel sujet ?

– Nous ne pouvons pas parler ici, chuchota M. Paul.

– Je vous demande pardon ?

– Enfilez une veste et suivez-nous.

Cela ressemblait à une sorte de traquenard. M. Griet obéit cependant et suivit ses visiteurs jusqu'à la place du 12-Novembre. Là, M. Paul le fixa, sans hostilité. M. Griet demanda ce qu'on lui voulait, à la fin.

– Eh bien voilà, dit M. Paul. Nous souhaitons, euh…

Il toussota.

– Vous inviter à partir.

– Déménagez, enchaîna M. Lequennec. Le plus vite possible. Dans votre intérêt.

– Je ne comprends pas, se défendit M. Griet

– Il va se passer des choses dans l'immeuble. Des choses graves.

– Il s'en est déjà passé, objecta M. Griet.

– Oui. Mais celles-là seront pires.

M. Griet recula d'un pas. Il se demanda si ses voisins n'étaient pas fous.

– Écoutez, reprit M. Paul, je sais que c'est absurde, mais nous ne voulons que votre bien. Vous avez la chance de n'être pas propriétaire. Une chance immense.

Tous hochèrent la tête.

– Dès demain, vous chercherez un autre logement. Si vous le souhaitez, nous vous aiderons.

– Nous sommes prêts à vous payer l'hôtel en attendant que vous ayez trouvé, ajouta M. Lequennec.

– Et même, renchérit M. Paul, prenez un appartement plus grand : nous compenserons la différence de loyer.

M. Griet, décontenancé, restait muet.

– Si vous ne partez pas de vous-mêmes, nous serons obligés de vous jeter dehors.

M. Paul considéra M. Griet avec gravité et lui tendit un document.

– Lisez. C'est la résolution prise à notre dernière assemblée.

– Quelle assemblée ?

– Tout est expliqué. Partez. Il va y avoir du grabuge.

Il le fixa profondément, puis chuchota :

– C'est la guerre, M. Griet. Il faut évacuer.

Et, sur ces mots, la délégation repartit vers l'immeuble, laissant M. Griet seul et stupéfait. Il regarda leurs silhouettes s'effacer dans le noir, puis il déplia la feuille que lui avait donnée M. Paul.

RÉSOLUTION

Les copropriétaires dont les noms suivent, réunis en société,

Considérant que leur vie au Mayerling est infernale ;

Persuadés, aussi fou que ça paraisse, que le Mayerling est à l'origine de leurs problèmes ; qu'il est hanté ; qu'il continuera de les persécuter, ainsi que quiconque l'approchera ;

Jugeant qu'il présente un danger pour eux, pour le quartier, pour Rouvières et, peut-être, pour l'humanité ;

Choqués par le décès de deux voisins, et le soupçonnant d'être coupable ;

Refusant de se laisser torturer, de fuir, de capituler,

Ont arrêté les dispositions suivantes :

Art. 1er. Les copropriétaires du Mayerling déclarent la guerre à l'immeuble.

Art. 2. Les copropriétaires forment une union qui ne se dissoudra qu'une fois celui-ci terrassé.

Art. 3. Leur objectif est la destruction de l'immeuble par tous les moyens.

Art. 4. Tout obstacle sur la route menant à l'objectif

peut être écarté par tout moyen, y compris la violence en dernier recours.

Art. 5. Les copropriétaires adoptent pour devise : la victoire ou la mort.

À Rouvières, le 20 juillet 20**.

(Suivent les noms et signatures.)

TROISIÈME PARTIE

Garde-meubles

Un impressionnant ballet de camions de déménagement eut lieu la semaine suivante. Mme Ximenez, la veuve Dubois, les Boisselier, les Compère, M. Paul et M. Cormenin, les Lefebvre et les Lequennec débarrassaient leur appartement ; les Chautemps, les Thuillier, M. Camuzet et les Chopard feraient de même la semaine suivante. Ils avaient loué les camions ensemble pour bénéficier de tarifs réduits ; la société de transport n'en avait pas moins facturé le prix fort, vu l'urgence de la demande (ses services avaient été réclamés du jour pour le lendemain). Les sociétaires avaient aussi réservé des box chez un garde-meubles.

Trois jours durant, le Mayerling grouilla de manutentionnaires aux bras chargés qui déplaçaient des tables, chaises, buffets, fauteuils, sommiers, bois de lits, etc. Il leur fallut déménager aussi deux pianos droits, celui de Mme Lequennec et celui des Lefebvre. Les instruments, empaquetés dans d'épaisses couvertures rouges et harnachés comme des parachutistes, furent sortis comme ils étaient entrés, par les baies vitrées, au moyen d'une grue. Tous les sociétaires assistèrent aux manœuvres et, comme les grilles de la résidence étaient ouvertes pour faciliter les allées et venues, des badauds purent profiter du spectacle. L'habileté des déménageurs et du grutier fit qu'en moins d'une demi-heure les pianos furent libérés, sous les applaudissements de l'assistance. Mme Boisselier, qui jouait très bien du piano, ainsi que le jeune Antoine Compère, qui suivait des leçons et ne se débrouillait pas mal, improvisèrent un récital à quatre mains, dans la cour, dans une ambiance de kermesse.

Les déménagés qui continueraient de vivre au Mayerling gardaient auprès d'eux le minimum vital : lits pliants, matelas gonflable, quelques vêtements, petit outillage. D'autres, plutôt que de camper dans leur appartement vide, logeraient chez des amis.

Quant au Mayerling lui-même, il faisait grise mine, tout surpris de voir ses proies organiser leur fuite.

« J'ai levé les yeux vers lui, se souvient M. Paul, et j'ai eu le sentiment qu'il était furieux. Furieux de nous voir si gais, et ligués contre lui. »

De fait, l'immeuble ne tarda pas à réagir, pour gêner la transhumance des copropriétaires. Les pneus des camions de déménagement crevèrent dans la cour, à cause d'énormes clous dont personne ne s'expliqua l'apparition. L'ascenseur tomba en panne, comme par hasard, au moment de descendre les meubles les plus lourds ; un déménageur glissa dans l'escalier et se cassa une jambe.

– Il réagit, commenta M. Lequennec. C'est bon signe.

BRICOLAGE

De tous les sociétaires, M. Cormenin était le plus déterminé. Il n'avait aucun scrupule, ni aucune inquiétude quant à ce que coûterait leur décision.

Avant même que les déménagements fussent terminés, il se rendit dans un magasin de bricolage à la sortie de Rouvières et remplit sa voiture de masses, marteaux, merlins, perceuses, perforateurs électropneumatiques, pieds-de-biche, scies à métaux et barres à mine ; il acquit aussi un lot de cinquante pinces coupantes et une douzaine de haches. Il n'y connaissait pas grand-chose en outillage, aussi fit-il ses emplettes au hasard, suivant son instinct. Le vendeur, le voyant remplir allègrement son chariot, lui proposa ses conseils, et demanda à quoi servirait cet attirail ; M. Cormenin, confus, déclara que c'était « pour faire des expériences », ce qui ne manqua pas de surprendre son interlocuteur. M. Cormenin ne demanda pas son reste, fila vers la caisse et paya sur ses deniers personnels.

De retour au Mayerling, où les déménageurs achevaient de vider les derniers appartements, un peu perplexes de voir tout ce monde débarrasser le plancher simultanément (ils étaient loin d'imaginer la vérité),

M. Cormenin convoqua les sociétaires, ouvrit devant eux le coffre de sa voiture et leur fit admirer ses achats.

– Le début de notre armement, dit-il en souriant.

M. Paul et M. Lequennec sortirent du coffre une massette carrée de 1,5 kg et une scie avec lame en métal à vingt-quatre dents au pouce, « garantie incassable ».

– Qu'allons-nous faire avec ça ?

M. Cormenin se gratta le menton.

– Eh bien, tout démolir.

M. Paul considéra la massette.

– Bien sûr, précisa M. Cormenin, ce n'est pas avec de tels jouets que nous mettrons le Mayerling par terre. Mais il faut bien commencer quelque part.

Devant l'air ahuri de ses compagnons, il ajouta :

– Et puis, même si ça ne sert à rien, ça nous fera du bien à tous. Suivez-moi.

Première salve

Armés de leurs petits outils, les sociétaires menés par M. Cormenin pénétrèrent dans la résidence, animés d'intentions destructrices, éberlués eux-mêmes par ce qu'ils s'apprêtaient à faire, et qu'on n'a jamais vu nulle part dans aucune copropriété – saccager sciemment, méthodiquement, l'immeuble où ils avaient englouti leurs économies, pour lequel ils s'étaient endettés, et qu'ils étaient censés protéger comme la prunelle de leurs yeux. M. Cormenin, percevant la portée sacrilège de leur démarche, et lisant l'hésitation sur la face blême de ses collègues, décida d'offrir son propre appartement en sacrifice, pour les encourager à s'attaquer ensuite aux leurs, ainsi qu'aux parties communes.

Ils montèrent par l'escalier, bien que l'ascenseur fonctionnât de nouveau (il s'était remis en marche après le départ des déménageurs), jusque chez M. Cormenin.

Le trois-pièces était vide. En théorie, c'était un appartement quasi neuf, habité depuis quelques mois seulement ; il donnait pourtant l'impression d'un logement défraîchi des années quatre-vingt, vieilli prématurément : peintures écaillées, taches au plafond, plinthes et prises descellées, tout un ensemble de détails révélateurs. Et puis, il y avait une ambiance ; on s'y sentait mal – en fait, on se sentait mal dans tous les appartements de l'immeuble, où régnait une atmosphère inhospitalière, oppressante, qui donnait envie de s'enfuir.

– Bon, dit M. Cormenin. Ne faiblissons pas.

Il inspira, saisit sa masse, s'approcha de la cloison qui séparait la cuisine de la pièce principale, pivota son bassin et leva l'instrument.

La tête de la masse tournoya puis s'abattit sur la cloison qui craqua. Un nuage de poussière s'éleva dans la pièce.

M. Cormenin toussa, s'essuya la bouche, puis se disposa à recommencer. Il donna un deuxième coup, puis un troisième, ahanant et râlant – ce n'était pas un adepte des travaux de force, il était tout de suite essoufflé. La cloison cependant était presque détruite ; il l'acheva à coups de talon. Puis il reposa son outil et, hors d'haleine, s'accroupit pour contempler son œuvre.

C'était fait. Il avait l'impression d'avoir remporté une petite victoire. Le Mayerling était blessé.

M. Cormenin se tourna vers ses amis, un large sourire aux lèvres. Il avait au fond des yeux la lueur assassine et joyeuse d'un homme qui ne s'appartient plus.

– Faites comme moi, dit-il.

Les sociétaires se consultèrent, hésitants, tiraillés entre l'envie d'imiter M. Cormenin et le vieux reste de pudeur qui les bloquait – ce n'étaient pas des casseurs, un tel comportement était contraire à leurs habitudes, à leur éducation, aux mœurs de leur classe, à leur vision du monde. Mme Lequennec, la première, se fit violence. Armée d'un petit marteau avec un manche en plastique, elle pilonna le mur du salon sur sa longueur, ravageant la peinture et le plâtre. Alors les autres entrèrent dans la danse. M. Paul s'attaqua au radiateur, qu'il arracha du mur ; M. Lequennec, armé d'un tournevis, fit sauter des lattes du parquet ; M. Durandat s'en prit aux plinthes ; Mme Ximenez martela les carreaux de faïence dans la salle de bains. Cette scène d'hystérie dura vingt minutes. Un quidam entré là par hasard les aurait pris pour une bande d'aliénés évadés d'un asile.

Quand ils eurent tout démoli, M. Cormenin les pria de reculer, pour donner sans blesser personne un coup de massue dans la baie vitrée, en se protégeant les mains dans un linge enroulé. La vitre explosa ; un souffle d'air frais s'engouffra dans la pièce, qui glaça les combattants. Penauds, ils considérèrent les dégâts. Un silence étrange régnait.

Alors, un bruit sourd parut monter des entrailles de l'immeuble, un feulement métallique, comme une plainte. Cela dura dix secondes, puis tout redevint calme.

Les sociétaires se regardèrent avec inquiétude, chacun se demandant si les autres avaient entendu comme lui, et s'ils interprétaient ce cri de la même façon.

– Il a reçu le message, dit M. Cormenin.

Témoignage de M. Bouche

M. Bouche habite aujourd'hui Rouvières, dans un grand appartement acheté après son départ du Mayerling grâce à l'argent des sociétaires.

« Je n'ai jamais voulu entrer dans leur société de fous, dit-il d'emblée en tapant frénétiquement du doigt sur la table – tic agaçant qui le fait ressembler à un télégraphiste.

– Le Mayerling selon vous n'était pas maléfique ?

M. Bouche, cessant de tapoter, pose ses mains l'une sur l'autre.

– Je ne sais pas.

– N’y avez-vous pas été malheureux ?

– Ce ne fut certes pas la meilleure période de ma vie. J’ai été malade, j’ai eu des problèmes conjugaux, j’ai fait une dépression. Mais je n’ai pas de raison de penser que c’était en rapport avec l’immeuble.

– Même le fait que tous les autres résidents ont souffert aussi ?

– Ça ne prouve rien. Et puis, je crois que nous exagérons rétrospectivement l’ampleur de nos malheurs, pour justifier ce que nous avons fait.

– Eux, pas vous.

– Ce qu’*ils* ont fait.

(Braque me dira : on voit qu’il regrette finalement d’être resté à l’écart.)

– Ont-ils tenté de vous recruter ?

– Bien sûr. Ils voulaient que je démolisse tout chez moi, comme eux chez eux. Vous imaginez ? Ils disaient que j’étais un obstacle, qu’ils avaient besoin de mon accord pour s’attaquer aux parties communes ; je ne sais plus lequel a ajouté que, par mon refus, je me constituais en allié objectif de l’immeuble. Ils étaient complètement siphonnés.

– Pour finir, vous êtes parti.

– Un jour, ils sont venus me dire qu’ils avaient réuni des fonds, et que mon prix serait le leur. J’ai demandé : mon prix pour quoi ? Réponse : pour racheter votre cinq-pièces. Je n’en croyais pas mes oreilles. J’ai dit : attention, je possède aussi un deux-pièces au rez-de-chaussée, à louer. Réponse : nous le rachetons aussi. J’ai cru qu’ils se moquaient de moi, mais non. J'ai lancé un prix en l'air, comme ça. Eh bien, croyez-le ou non, ils n'ont même pas négocié. Ils ont même proposé d'ajouter 5 % si je déguerpissais sous huit jours !

M. Bouche hausse les épaules.

– Ma femme et moi avons mis notre mobilier au garde-meubles, aux frais des sociétaires. Puis nous nous sommes installés à l'hôtel, toujours à leurs frais, le temps de trouver un nouveau toit.

– Savez-vous comment ils ont réuni l'argent nécessaire au rachat de vos appartements ?

– Aucune idée. Déjà qu'ils avaient tous un emprunt sur le dos… Je préfère ne rien savoir. Ce que je sais, c'est que selon l'acte notarié, les acquéreurs « officiels », si je puis dire, étaient les Thuillier. C'est à M. Thuillier que j'ai remis les clefs, en présence de sa femme et de MM. Lequennec et Cormenin qui les avaient accompagnés.

– Le notaire n'a pas fait de commentaire ?

– Non.

M. Bouche soupire.

– Sitôt l'acte signé, M. Lequennec a téléphoné à M. Paul pour lui annoncer que la vente était conclue, et qu'il pouvait commencer.

– Commencer quoi ?

– À tout casser chez moi.

Presque tous les appartements étaient désormais à la merci des sociétaires ; seuls leur échappaient un petit deux-pièces au premier étage, propriété d'investisseurs étrangers qu'ils n'avaient pas réussi à contacter, et le cinq-pièces des Bergerat au dernier étage. Les sociétaires avaient de quoi leur faire une offre, mais ils étaient introuvables.

On aurait évidemment pu se passer d'autorisation et forcer les portes, mais les sociétaires étaient loyaux.

En attendant, ils ravageaient tout le reste. Du sous-sol au dernier étage, la vie de l'immeuble n'était plus que coups, grabuge et dévastation. Les sociétaires arrachaient les prises de courant, sectionnaient les tuyaux de gaz, démontaient les huisseries, cassaient les carrelages, décollaient les plinthes, déposaient les radiateurs. M. Durandat démonta les coffrets des volets roulants de toutes les fenêtres, brisa le mécanisme des moteurs et sortit les contrevents de leurs logements pour les jeter dehors. Toutes les cinq minutes, un objet ou un déchet volait par-dessus bord, atterrissant dans le jardin au terme d'une jolie trajectoire en forme de parabole. Dans la rue, les passants étaient stupéfaits.

M. Lefebvre découpa les portes des garages à la scie à métaux. Les portes en bois des caves, elles, furent entassées dans la cour pour être brûlées.

Tout ce qui pouvait être détruit l'était, avec patience et méthode. Chacun allait et venait dans cette fourmilière, muni de ses outils. Personne ne donnait de directives, ni ne commandait aux autres ; la coordination est utile pour construire, non pour démolir – voyez les scènes de pillage, qui se passent très bien d'un chef.

« Les dames prenaient leur part à ces opérations violentes, se souvient M. Cormenin, sans barguigner. Leur force physique limitée les empêchait de manipuler les ustensiles lourds, de fracasser les cloisons de plâtre à la masse ; mais elles obtenaient de beaux résultats au moyen d'accessoires plus légers, ce qui faisait dire à M. Durandat, prodigue en références historiques, qu'elles n'étaient pas comme en 1915 à l'arrière, à recoudre les uniformes et fabriquer les obus, mais au front avec les hommes, dans la tranchée, au contact de l'ennemi. »

Le Mayerling, évidemment, ne restait pas inerte face à ces agressions. Il réagissait à sa manière sournoise. Par exemple, il faisait s'écrouler des plafonds sur la tête des sociétaires ; M. Paul, blessé par une chute de plâtre, dut être recousu aux urgences. (Aux médecins qui lui demandèrent comment c'était arrivé, il répondit benoîtement qu'il s'était battu avec un immeuble, et que la bagarre avait tourné – provisoirement – à son désavantage. Les médecins avaient souri, croyant à une plaisanterie.) De même, le Mayerling huilait les sols et les marches d'escalier, pour favoriser les glissades ; Mme Thuillier se tassa les vertèbres après un vol plané de plusieurs mètres. Elle ne cessa pas pour autant de combattre, et demanda qu'on lui confie des tâches faciles, qui ne nécessitaient pas trop de mouvements.

M. Lequennec, lui, s'entailla la main en arrachant des huisseries ; mille autres incidents du même genre se produisirent.

– Prenons garde, dit M. Paul. Il retient ses coups (il parlait du Mayerling), mais il pourrait passer à la vitesse supérieure.

– Je trouve qu'il s'est déjà bien lâché, objecta M. Lequennec en exhibant sa main bandée.

– Aujourd'hui, ce sont des morceaux de plâtre qui nous tombent dessus ; demain, ce seront des parpaings. Soyons prudents.

– Nous sommes mal équipés, reconnut M. Thuillier. Voyez : je travaille en pantalon de ville et pull-over. Cet uniforme n'est pas digne d'un soldat.

– Achetons des fournitures, approuva M. Lequennec. Chaussures de protection, casques de chantier, bleus de travail.

– Et des gilets fluorescents, pour se voir dans l'obscurité. J'étais hier au sous-sol, occupé à dégonder une porte, non loin de M. Chautemps qui coupait des planches à la hache. Soudain, les néons sont tombés en panne, et M. Chautemps a failli m'envoyer sa lame en travers du visage.

– Typique, soupira M. Cormenin.

– Il faut aussi des masques à poussière, continua M. Lequennec. Quand une cloison s'écroule, nous toussons tous pendant dix minutes. Or je soupçonne l'immeuble de mêler à cette poussière des particules d'amiante, des éclats de verre, ou je ne sais quoi, pour nous blesser de l'intérieur.

Approbation générale.

M. Cormenin fit un pas en avant et dit d'un ton grave :

– Mes amis, nous arrivons au bout d'un cycle. Une nouvelle étape commence.

– Que voulez-vous dire ?

– Soyons lucides. Nous ne démolirons pas le Mayerling avec des tournevis et des scies à métaux. Notre ennemi est puissant, lourd, solide. Nous ne lui occasionnons que des blessures bénignes.

– Je trouve pourtant que nous nous débrouillons bien, objecta Mme Lequennec.

– Je ne nie pas l'importance du travail accompli, répondit M. Cormenin, mais c'est le pot de terre contre le pot de fer. Nous n'avons cassé qu'en surface. Maintenant, nous devons attaquer la structure.

Long silence. M. Cormenin avait raison : ces journées de saccage avaient été joyeuses, euphorisantes, même, mais ce n'était qu'une phase préparatoire.

– Il faut changer de braquet, reconnut M. Durandat. Opter pour des techniques ambitieuses.

– J'ai un ami ingénieur, dit M. Paul, qui connaît ces questions. Je peux lui demander de l'aide.

Les sociétaires regardèrent autour d'eux, impatients d'en découdre, mais soucieux de n'aller au combat qu'armés convenablement.

C'est alors que M. Bergerat, de retour d'un séjour à l'étranger, apparut à Rouvières.

Quand il découvrit l'état de l'immeuble, il manqua de s'évanouir. Les sociétaires se précipitèrent pour le soutenir, lui firent boire un remontant, puis tentèrent de lui expliquer la situation.

– Nous ne savions pas comment vous joindre, dit Mme Ximenez. Sans quoi nous vous aurions téléphoné, vous pensez.

M. Bergerat, hagard, passait en revue les boîtes aux lettres arrachées, les portes manquantes, les trous dans les murs. Un carnage.

– On ne pouvait pas attendre, ajouta M. Cormenin, il y avait urgence. Nous nous sommes dit : « Si ça se trouve, il est parti pour plusieurs mois. Alors tant pis. On lui expliquera. »

– Expliquer *quoi* ?

– Eh bien, ceci, dit M. Cormenin en faisant un geste circulaire.

M. Bergerat voulut monter chez lui, s'enfermer à double tour, ne plus voir ces voisins devenus fous. Ils l'en dissuadèrent.

– Mieux vaut ne pas pénétrer chez vous, dit M. Thuillier.

– Pourquoi ?

– En fait, il n'y a plus vraiment de chez-vous.

Les sociétaires, malgré leurs scrupules, s'étaient

introduits dans les appartements qui ne leur appartenaient pas, sans l'accord des propriétaires.

– Mais rassurez-vous, précisa M. Thuillier, nous avons soigneusement déménagé vos meubles ; ils sont entreposés au garde-meubles de la zone industrielle, au chaud.

– Vous avez volé mes meubles ?

– Pas volé, corrigea M. Thuillier, déplacé.

– Par ailleurs, dit M. Paul, en attendant que vous trouviez un autre logement, nous vous payerons une chambre à l'hôtel des *Grands Ducs*.

(C'était l'établissement chic de Rouvières.)

M. Bergerat restait muet.

– Bon, conclut M. Thuillier. Nous vous laissons digérer tout cela. Après quoi, si vous le souhaitez, nous parlerons de votre, euh, indemnisation. Pour les désagréments subis par notre faute.

– Pardon, intervint M. Cormenin : ce n'est pas notre faute, mais la sienne.

– La mienne ? s'offusqua M. Bergerat.

– Celle du Mayerling, précisa M. Cormenin.

M. Bergerat était pâle. M. Thuillier, craignant qu'il ne fasse un nouveau malaise, le saisit amicalement par le bras, mais M. Bergerat, se sentant menacé, se dégagea violemment puis recula, jusqu'à cogner la porte vitrée. Il fit volte-face et tenta de l'ouvrir, en vain.

– Elle est bloquée, dit M. Thuillier. Pour sortir, il faut passer par le trou dans le mur. Là.

M. Bergerat s'y engouffra, tel un animal apeuré.

– Attendez !

M. Durandat voulut le retenir, mais Mme Ximenez s'interposa.

– Mettons-nous à sa place. Ça ne doit pas être facile.

– Il ne m'a pas laissé le temps de lui remettre les clefs du cadenas, soupira M. Thuillier. Pour son box au garde-meubles.

Il tira de sa poche une feuille pliée en quatre.

– Et puis, j'aurais voulu lui offrir la résolution de notre assemblée générale.

CONFÉRENCE À *LA COMMANDERIE*

M. Paul contacta son ami ingénieur, qui le renvoya vers un certain M. Samovar, retraité, ancien gérant d'une entreprise de déconstruction – terme apparemment préféré de nos jours à celui de démolition, sans doute pour accréditer l'idée que les démolisseurs, loin d'être des brutes, sont des êtres consciencieux et délicats, qui agissent avec soin et recyclent tout.

M. Paul pria ce M. Samovar de donner aux sociétaires une conférence sur les moyens de démolir un immeuble d'habitation de cinq étages, en pleine ville. M. Samovar, quoique surpris, accepta l'invitation, d'autant que M. Paul lui proposait un cachet de 500 €.

La conférence eut lieu dans l'arrière-salle de *La Commanderie*, privatisée pour l'occasion.

M. Jérôme, le cafetier, prit les commandes. Les

sociétaires, contrairement à leur habitude, réclamèrent des boissons sans alcool, pour rester lucides et attentifs tout au long de l'exposé. M. Samovar lui-même se contenta d'un verre d'eau, « avec une rondelle de citron ».

Les sociétaires s'installèrent en demi-cercle autour de lui ; il disposait d'un tableau blanc et de feutres colorés, au cas où il aurait besoin de dessiner des schémas. Il s'éclaircit la voix puis commença.

Extraits de l'exposé de M. Samovar, avec les questions de l'auditoire

– D'abord, il faut dire que tout est affaire de contexte, d'environnement. On ne démolit pas de la même manière une maison, un immeuble de trois étages, une tour. Toutes sortes de paramètres entrent en compte. La localisation de l'ouvrage. Sa hauteur. Sa forme. Le site, protégé ou non. Les règles locales en matière de bruit, de poussières, de vibrations. Le matériau – métal, béton, béton armé, etc.

M. Durandat et Mme Lequennec prenaient des notes.

– Une fois qu'on sait tout ça, on peut choisir la technique adéquate. Sans aller trop loin dans le détail – il sera toujours temps d'affiner ensuite –, ces techniques peuvent être classées en trois familles.

M. Samovar traça trois colonnes sur le tableau.

– Famille n° 1 : la démolition manuelle. N° 2 : la démolition mécanique. N° 3 : autres techniques.

Il reboucha son stylo.

– La démolition manuelle comprend deux façons de procéder. Le dérasement, pour commencer, consiste à démolir l'immeuble en partant du haut. C'est commode quand il faut protéger les bâtiments voisins contre les chutes de gravats. Dans l'ensemble, cette technique est simple, je dirais même rudimentaire : on construit un échafaudage autour de l'immeuble à démolir, puis on l'attaque à la main.

– Comment ça, « à la main » ?

M. Samovar sourit.

– Je ne dis pas qu'on lui tape dessus avec la main. On emploie des outils tels que les marteaux pneumatiques, les brise-roches hydrauliques, les pinces à ferraille et béton.

– Un matériel plus lourd que le nôtre, remarqua M. Chopard. Il faudra investir.

– Ou louer, ajouta M. Durandat.

– De quoi disposez-vous ? demanda M. Samovar, intrigué.

– Oh, répondit M. Cormenin, rien de méchant. Du petit outillage.

On le sentait gêné par la modestie de leurs moyens.

– Poursuivons, s'impatienta M. Thuillier.

– L'autre technique manuelle, reprit M. Samovar, est le sapement. C'est l'inverse de la première : on attaque par le bas, en réalisant une saignée ; on consolide ensuite le bâtiment avec des cales et des étais sous les parties porteuses et, quand les fondations sont bien entamées, on ôte les cales. Tout s'effondre.

– C'est dangereux ? demanda Mme Lequennec.

– Pas si c'est bien fait.

– Désigne-t-on celui qui tire les cales à la courte paille ? plaisanta M. Paul.

Rires.

– On utilise des cales en bois auxquelles on met le feu ; on a donc tout le temps de s'éloigner tranquillement. Ou alors, on relie les cales à des câbles métalliques. Il n'y a plus qu'à tirer très fort à l'autre bout.

Il mima le geste.

– L'avantage, c'est que le béton armé des parties hautes se disloque en tombant. Naturellement, cela exige un peu de précision, pour éviter que tout l'ouvrage s'écroule avant le moment souhaité, ou qu'il pivote et se déséquilibre. Il faut prévoir d'importantes vibrations lors de la chute.

Il plissa les yeux.

– Il y a parfois des accidents, à cause de l'impréparation des opérations.

Les sociétaires se jetèrent un regard inquiet. Tous pensaient la même chose : si une technique comportait le moindre risque, on était assuré de l'issue fatale qu'aurait son application au Mayerling.

M. Samovar passa aux autres procédés. L'exposé sur la démolition mécanique impressionna les sociétaires, d'autant que M. Samovar avait apporté des photographies, ainsi qu'un film qu'il projeta sur son ordinateur portable.

– Regardez, dit M. Samovar. L'opérateur agit par poussée, en pesant sur la construction. Puis par traction, en tirant sur elle. Entre les deux, vous remarquez qu'il a donné des coups sur le bâtiment, pour ébranler ses fondations. Quel beau travail !

Tous contemplaient la vidéo en imaginant que c'était le Mayerling.

– J'ai aussi des vidéos de démolition par bouteur, reprit M. Samovar, mais cette technique ne convient qu'aux bâtiments de faible hauteur.

Il les entretint ensuite d'autres méthodes plus complexes et coûteuses, la découpe au diamant, l'hydrodémolition par jet d'eau à très haute pression, la démolition par expansion au moyen d'écarteurs et de vérins. Enfin, clou du spectacle, il aborda la recette la plus spectaculaire : les explosifs.

– Je vous préviens, ce n'est pas adapté à toutes les situations. Cela convient bien pour les ouvrages très hauts – à partir de 20 mètres, disons –, parce que c'est plus économique.

Il passa en revue les catégories d'explosifs, brisants et progressifs, et les divers procédés : foudroyage, charnière, basculement à charnière haute, foudroyage en tonneau, etc.

– Il faut être un expert pour manipuler les explosifs. Leur prix est élevé. Sans compter les autorisations à demander aux administrations, lentes à répondre et toujours sourcilleuses.

Il soupira.

– Et pourtant, une démolition à l'explosif bien conçue, bien réalisée, est un spectacle de grande qualité, que je ne me lasse pas de contempler.

Il se tut, fier de cette conclusion qui laissait entendre que la démolition pour lui n'était pas qu'utilitaire : c'était aussi un art.

– Voilà. Vous savez l'essentiel.

Un silence suivit.

– Chaque méthode a ses avantages et ses inconvénients, constata M. Durandat. Je ne sais pas trop laquelle est la plus adaptée à notre ennemi.

M. Samovar haussa les sourcils, interloqué par ce vocabulaire.

– Le prix, continua M. Paul, ne sera pas un problème. Nous avons de l'argent. Notre cagnotte n'est pas expansible à l'infini, mais, sans préjuger du coût des techniques évoquées par M. Samovar, je crois que nous avons les moyens de nous les offrir toutes.

Murmures.

– La vraie question, en fait, la seule qui doit nous occuper…

Il se tourna vers M. Samovar.

– C'est de savoir laquelle fera *le plus mal* à l'immeuble.

Catalogue

Liste non exhaustive du matériel acheté ou loué par les sociétaires les jours suivants :

– marteaux-piqueurs ;

– pelle de démolition sur chenilles avec bras principal fixe de 8 mètres, flèche intermédiaire de 2 mètres et balancier de démolition de 5 mètres ;

– brise-béton pneumatique avec silencieux en polyuréthane ;

– échafaudage de façade (190 m^2, 18 mètres de long, avec plancher) ;

– échafaudage roulant d'appoint ;

– fraise hydraulique transversale ;

– grappin de déconstruction ;

– pince à démolir ;

– cisaille à ferraille ;

– broyeur rotatif ;

– robot de démolition télécommandé avec cisaille à béton hydraulique, brise-béton hydraulique et godet ;

– marteaux, piolets, pinces.

LU DANS LA PRESSE

(*Le Journal de Rouvières*, 13 octobre 20**.) « Que se passe-t-il dans le quartier Voltaire ? Depuis trois semaines, les riverains observent d'étranges allées et venues dans la rue Mayerling, au niveau de la résidence du même nom. Des engins de chantier sont apparus ; un échafaudage est installé. "Il n'y a aucune raison de ravaler les façades, dit un voisin. La résidence n'a pas deux ans !" M. Déat, riverain, témoigne : "L'autre jour, en passant, je me suis rendu compte qu'il n'y avait plus de fenêtres au dernier étage. Disparues ! Le lendemain, il n'y en avait plus non plus à l'étage du dessous. Je me demande ce qu'ils trafiquent." Les habitants du quartier se plaignent du bruit. Le commissariat de Rouvières n'a cependant pas enregistré de plainte. Vérification faite, aucune demande de permis de démolir n'est déposée à la mairie. M. Domieux, l'adjoint au maire chargé de l'urbanisme, n'est au courant de rien. Il a toutefois prié ses services de mener une enquête sur cette affaire. »

Progression

M. Samovar, tout en les trouvant un peu fous, se prit de sympathie pour les sociétaires, et leur apporta son aide. Il avait peine à croire ce qu'ils lui racontaient sur les pouvoirs maléfiques de l'immeuble ; mais ils étaient enthousiastes, et décidés à aller jusqu'au bout. M. Samovar, en homme de terrain, appréciait les gens qui ont de la suite dans les idées, et qui se donnent les moyens de leurs ambitions.

En retour, les sociétaires lui vouaient un immense respect, en raison de ses connaissances en matière de démolition – il était à leurs yeux le détenteur d'un savoir secret, immensément précieux. Ils lui parlaient avec déférence, comme à un homme d'Église. M. Samovar en était à la fois gêné et flatté.

Prenant informellement la conduite des opérations, M. Samovar fit appel à son réseau d'amis, travailleurs du bâtiment à la retraite, chefs de chantier, maçons, mécaniciens, préparateurs en démolition, coffreurs-boiseurs, métalliers, carreleurs, couvreurs, étancheurs, côtoyés durant sa carrière. Comme lui, la plupart d'entre eux s'ennuyaient depuis qu'ils avaient raccroché les gants ; aussi étaient-ils heureux de donner un coup de main sur le chantier du Mayerling, même si la nature du travail proposé avait de quoi surprendre.

Surtout, ils possédaient du matériel. M. Diop, par exemple, ancien conducteur d'engins, avait chez lui une pelle à chenilles, un modèle ancien mais qui fonctionnait toujours très bien. Il l'offrit spontanément à la société, sans frais, et contacta son propre réseau d'anciens combattants pour dégoter d'autres engins. De M. Samovar à M. Diop et de M. Diop aux amis de M. Diop, une chaîne se mit en branle, comme dans ces émissions de télévision où des artisans professionnels, mus par un élan de générosité, viennent au secours d'une famille en détresse en reconstruisant une maison ravagée par un ouragan. Sauf qu'ici, il ne s'agissait pas de réparer une maison mais de démolir un immeuble quasi neuf.

M. Samovar embaucha aussi des travailleurs journaliers, des ouvriers immigrés venus pour la plupart du Kosovo, qui n'étaient pas tous en situation régulière. Les sociétaires lui avaient confié pour eux une enveloppe en liquide.

Copropriétaires, retraités ouvriers et journaliers kosovars coopéraient ainsi dans une entente parfaite, et rompaient ensemble le pain du déjeuner – tous les jours, à onze heures et demie, on mangeait sur de grandes tables installées dans la cour –, en communiquant dans un mélange d'anglais, de français et de langue des signes.

Chaque fois qu'un nouvel ouvrier venait donner un coup de main, M. Paul l'affranchissait sur l'immeuble et lui donnait des consignes de sécurité très strictes. « Ce chantier n'est pas un chantier ordinaire. L'immeuble est, euh… vivant. Et vicieux. Il fait de sales coups. Donc, soyez sur vos gardes. Ne vous aventurez jamais seul dans un recoin ; surveillez les plafonds ; tendez l'oreille ; en cas de bruit suspect, fuyez. Dans la mesure du possible, ne restez pas seul dans les étages. »

On distribuait à chacun des émetteurs radio portatifs, comme ceux qu'utilisent les skieurs en cas d'avalanche. Les Kosovars trouvaient cet équipement superflu, mais M. Paul les contraignit à les glisser dans leurs poches. (« Vous ne craignez pas qu'ils oublient de nous les rendre ? avait demandé Mme Lequennec.
– J'en rachèterai. Et puis, ce sera leur complément de rémunération. »)

M. Paul priait aussi les participants de ne rien révéler dehors de ce qui se passait sur le chantier, et surtout de ne parler à aucun journaliste. « L'affaire Mayerling nous regarde, nous seuls. Nous ne voulons pas que des étrangers s'en mêlent » – formule qui fit rire les Kosovars, lesquels cependant l'appliquèrent scrupuleusement.

M. Camuzet, lui, s'était envolé pour l'Espagne, où il comptait bien retrouver l'architecte.

La société avait d'abord engagé une agence de détectives rouviéroise, Michel Sandhrin et associés – *toutes recherches civiles, industrielles ou commerciales. Filature. Recherche de personnes disparues. Contrôle de vos salariés en arrêt maladie. Traque des débiteurs. Concurrence déloyale. Contrefaçon. Impayés. Adultère. Etc.* M. Sandhrin, qui était en fait l'unique employé de sa propre agence (l'allusion aux associés était une clause de style, « pour faire sérieux »), ne montra toutefois aucun empressement à s'occuper du dossier ; au bout d'un mois, les sociétaires s'étaient donc adressés à une agence parisienne. Hélas, outre ses tarifs exorbitants, elle avait annoncé ne pouvoir promettre aucun résultat avant six mois. Excédé, M. Camuzet avait alors décidé de mener l'enquête tout seul, au nom de la société. Il avait décollé pour Valladolid deux jours plus tard, non sans avoir juré de ne pas rentrer les mains vides.

Je manque d'informations sur les démarches qu'il entreprit sur place pour retrouver la trace des concepteurs du Mayerling ; M. Camuzet a décliné ma demande d'entretien, c'est bien dommage. Je peux dire malgré tout qu'à Valladolid, donc, M. Camuzet retrouva d'anciens cadres de CFR, ainsi que les deux cabinets d'architectes habituellement missionnés par l'entreprise. Ses investigations le conduisirent ensuite à Madrid, Séville, Valence, Murcie et Cordoue. En chemin, il visita plusieurs immeubles et résidences CFR, qu'il prenait en photo. (Leurs habitants, trouvant son manège suspect, appelaient parfois la police.)

Au bout d'une semaine, M. Camuzet téléphona à M. Cormenin pour lui communiquer ses résultats.

– Je l'ai, dit-il. Les plans de notre immeuble sont l'œuvre d'un cabinet basé à Valence, P. F. Arquitectura – du nom de son fondateur Francisco Prim.

– Formidable, lança M. Cormenin. Vous avez rencontré ses dirigeants ?

– Non : le cabinet a fermé ses portes il y a trois mois.

M. Cormenin accusa le coup.

– Mais tout n'est pas perdu, enchaîna M. Camuzet. Je crois savoir quel architecte en particulier est l'auteur du Mayerling, et j'ai remonté sa trace. Il vivrait aujourd'hui en Belgique.

– Quel est son nom ? demanda M. Cormenin.

– Morette.

– Ce n'est pas très espagnol.

– Non.

Silence.

– Retrouvez-le.

Deux semaines après les premières démolitions, les sociétaires s'attaquèrent au toit-terrasse. M. Paul et M. Samovar dirigeaient les opérations.

La première phase se faisait « à la main », comme disait M. Samovar, au moyen d'un marteau-piqueur compresseur et d'un brise-roche hydraulique. Les décombres, réduits en miettes grâce au marteau-piqueur, étaient descendus manuellement dans une goulotte à gravats avec fixation sécurisée. Les sociétaires avaient acheté aussi un aspirateur à gravats industriel triphasé avec pompe volumétrique à haut rendement, et une excavatrice aspiratrice pour les déchets situés dans les recoins inaccessibles.

Pour la deuxième phase, on hissa sur le toit une mini-pelle de démolition, manœuvrée par M. Samovar au moyen d'une télécommande.

– On dirait le boîtier de commande d'un avion téléguidé, s'extasia M. Durandat.

– C'est le même principe, confirma M. Samovar. Voulez-vous essayer ?

– Je ne voudrais pas faire de fausse manœuvre, répondit humblement M. Durandat.

Ses yeux brillaient, on voyait qu'il était tenté. M. Samovar répondit en riant :

– Personne ne vous disputera si vous cassez quelque chose, bien au contraire.

Foule

Le chantier attirait toutes sortes de badauds qui, voulant comprendre, stationnaient à longueur de journée dans la rue Mayerling et le boulevard Voltaire, le long du mur d'enceinte. Certains grimpaient aux arbres du boulevard pour voir par-dessus ; d'autres demandaient aux habitants des résidences voisines l'autorisation, contre rémunération, de s'installer un moment sur leur balcon, pour regarder. M. Hubert, le fondateur de l'ARQV, qui depuis son quatrième étage jouissait d'une vue plongeante sur le Mayerling, fut sollicité à d'innombrables reprises.

« C'était infernal, se souvient-il. On me dérangeait sans cesse. Il a fallu que je coupe le câble de l'interphone. »

Attiré par ces attroupements, un vendeur de sandwichs installa son camion sur la contre-allée du boulevard. Il n'avait pas d'autorisation, mais il comptait gagner un maximum d'argent avant d'être délogé.

Cette agitation fit bientôt les gros titres dans le *Journal de Rouvières*.

Visite de la municipalité

Les pouvoirs publics, jusqu'alors indifférents, furent contraints de réagir.

La mairie, s'avisant qu'une démolition avait lieu sans autorisation, dépêcha deux agents pour rappeler les contrevenants à la loi. Ils débarquèrent un matin vers dix heures, alors que les sociétaires étaient occupés à découper un pan de mur au moyen d'une tronçonneuse à béton. Personne ne voulant rater ce spectacle passionnant, ils envoyèrent M. Maljoku, l'un des Kosovars, informer les visiteurs qu'on n'avait pas le temps de s'occuper d'eux. Comme M. Maljoku parlait naturellement très fort et s'exprimait dans un sabir hermétique, les agents le crurent animé d'intentions hostiles, et téléphonèrent à leur chef pour se plaindre. M. Jambart, chargé de l'urbanisme, les rejoignit, et réclama en hurlant qu'on le reçût. Les sociétaires, de mauvaise grâce, consentirent à parlementer. M. Cormenin accueillit le fonctionnaire à la grille, lui tendit une main molle et le fit entrer.

– Suivez-moi. Et prenez garde où vous mettez les pieds.

La scène impressionna M. Jambart. Le terrain était ravagé. Il y avait partout des débris, des matériaux entassés, des outils. Cinq tentes étaient dressées au fond du parc, bien alignées ; on trouvait aussi des toilettes de chantier bleues dans le jardin, près du mur.

– Bon, dit-il d'une voix mal assurée. Je viens voir ce qui se passe.

– Eh bien, répondit M. Cormenin en haussant les épaules, nous démolissons.

– Pour quelle entreprise ?

– Nous ne sommes pas une entreprise.

M. Jambart ne cilla pas.

– Ce bâtiment est à nous, expliqua M. Cormenin.

Long silence. M. Jambart ne savait plus quoi dire.

– Si vous voulez, je vous fais visiter le chantier, reprit M. Cormenin. Il faut mettre un casque.

M. Jambart reprit contenance.

– Vous n'avez pas de permis de démolir. Savez-vous que vous êtes hors la loi ?

M. Cormenin haussa les épaules.

– Même si nous cassons nous-mêmes ?

M. Jambart opina.

– Peut-on régulariser ? demanda M. Cormenin.

– Vu l'avancement des travaux, ça me semble un peu tard.

– Hum.

Les deux hommes se défièrent du regard. M. Jambart crut percevoir chez son interlocuteur une lueur de malice.

– Allez, lança M. Cormenin. Le chantier est bien avancé. Ce serait dommage de l'interrompre maintenant pour une paperasse.

M. Jambart s'insurgea.

– Ce n'est pas une paperasse, Monsieur. L'autorisation de démolir est la procédure par laquelle l'administration s'assure de la qualité et de la conformité des travaux.

– Oh, ne vous en faites pas. Nous opérons dans les règles de l'art. Nous avons du bon matériel, et nous travaillons sous la conduite d'un expert.

– Vous êtes hors la loi.

M. Cormenin soupira.

– Écoutez, dit-il en baissant la voix, ce n'est pas seulement pour nous que nous faisons tout ça. C'est aussi pour vous.

– Pour moi ?

– Pour vous, pour le quartier, et pour la ville. Pour les Rouviérois. Pour l'intérêt général. Je dirais même, pour le bien commun.

– Je…

– Vous ignorez de quoi il est capable, coupa M. Cormenin. Si vous saviez, vous nous aideriez.

Il ajouta :

– Au lieu de me faire perdre mon temps.

M. Jambart se raidit.

– Si je comprends bien, vous n'avez pas l'intention d'arrêter.

– Pas avant d'avoir fini.

– Nous allons envoyer la force publique.

– S'il vous plaît, non. Nous avons assez à faire avec le Mayerling pour ne pas nous battre en plus contre la police.

Il se tut un instant puis dit, d'un ton suppliant :

– Laissez-nous finir. Après, nous rangerons nos engins, nous évacuerons les gravats, nous fermerons la propriété, et vous n'entendrez plus parler de nous.

M. Jambart se composa une mine hostile.

– C'est vous qui n'avez pas fini d'entendre parler de moi.

DÉLIBÉRATIONS DU CONSEIL MUNICIPAL (EXTRAIT DU PV)

M. Langevin, au sujet de « ce qu'il est convenu d'appeler "l'affaire Mayerling" », se désole que la mairie n'empêche pas « cette destruction sauvage qui enlaidit le quartier, choquante pour nos concitoyens, alors que le logement est si rare et si cher ».

M. Jambart, adjoint au maire chargé de l'urbanisme, précise qu'il s'est rendu sur les lieux, et qu'il a informé les responsables des risques encourus.

M. Khalil interroge M. Jambart sur leurs motivations ; M. Jambart répond qu'elles sont inconnues.

Mme Cohen s'inquiète des répercussions sur les immeubles voisins et sur l'environnement (métaux, poussière, etc.).

M. Camizar estime qu'il y a trouble à l'ordre public.

Mme Darout demande si les copropriétaires sont connus de la police, ou s'ils ont récemment fait l'objet d'un internement psychiatrique.

M. Vuibert demande si cet événement ne risque pas de retarder les programmes de construction de Rouvières, en cours ou en projet.

M. Commandeur demande, « par curiosité », où logent les habitants, maintenant qu'ils ont cassé leurs appartements. (Rires.) M. Jambart explique qu'il y a des tentes sur la propriété, et croit savoir que certains des intéressés y dorment.

Article paru dans Le Petit Marmuzet

Que se passe-t-il au Mayerling ? Voici un immeuble magnifique, bien propre et bien blanc, avec tout le confort, protégé par un haut mur ; or, ses habitants le démolissent ; sont-ils donc fous ?

Eh bien ! Ici, au *Marmuzet*, on la trouve sympathique, cette attaque au marteau-piqueur d'une horreur bétonnée dont nous avons dénoncé la construction. Alors, nous applaudissons. Pour qui veut du beau spectacle, du béton qui tombe et de l'acier qu'on découpe, rendez-vous rue Mayerling !

Article paru dans Le Quotidien de Rouvières

« L'affaire Mayerling » continue. Le silence obstiné des copropriétaires encourage les interprétations les plus diverses.

À toute heure de la journée, les abords de l'immeuble sont noirs de monde. Un groupe anarchiste, la « Section 46 », favorable à la destruction, a pris position boulevard Voltaire, et se propose de « repousser la police » en cas d'intervention. Le proviseur du lycée Hippolyte-Ledoux tout proche s'inquiète de la présence de ces activistes à proximité de ses élèves.

Les associations de défense des mal-logés, elles, sont scandalisées. « Quand on sait les difficultés de nos concitoyens pour se loger, on ne peut qu'être choqué par ce caprice de riches qui, d'un coup, rasent une vingtaine de beaux logements neufs. Ils n'ont qu'à nous les donner ! »

On a vu aussi rue Mayerling des militants de l'AUR, Association pour un urbanisme responsable, selon qui la démarche des habitants du Mayerling, loin d'un « coup de folie », est un geste « politique » pour « démontrer que les constructions modernes sont inadaptées à l'homme ».

Le débat, manifestement, ne fait que commencer.

EXTRAITS DE DIVERS JOURNAUX

Affaire Mayerling. D'une source proche de la préfecture, l'intervention de la police est imminente.

*

Les forces de l'ordre en échec. Des dizaines de manifestants ont fait barrage, hier soir, aux CRS venus déloger les copropriétaires démolisseurs. Certains manifestants s'étaient enchaînés aux grilles de la résidence. Après une tentative de passage en force, les policiers ont reçu l'ordre de se retirer. M. Pecqueur, de la Fédération régionale du bâtiment, a dénoncé une « reculade grotesque » et réclamé « que la loi s'applique ».

*

Qui sont les démolisseurs ? Ils s'acharnent sur leur immeuble. Quel est le sens de leur action ? Enquête.

*

Affaire Mayerling : les riverains divisés.

*

Témoignage. « Ça ne me gêne pas. Chacun fait ce qu'il veut chez lui. »

*

Engouement inattendu pour le quartier Voltaire. Alors que le Mayerling est toujours en cours de dépeçage, des agents immobiliers confient en privé que des clients de plus en plus nombreux demandent s'il y a des biens disponibles dans le secteur. « On ne comprend pas, dit un professionnel. J'ai eu cinq demandes pour des locations, et deux pour un achat. On dirait que ça les attire. » La plupart des experts prédisaient pourtant que l'affaire Mayerling allait faire s'effondrer l'attractivité du quartier. Sont-ils démentis ? « Il est trop tôt pour le dire, poursuit notre interlocuteur, qui ajoute : dans l'immobilier, il y a toujours une part de mystère. »

*

Librairie. Les ventes du *Grand Livre de Rouvières* de Bochot explosent. Il s'agirait d'une conséquence de l'affaire Mayerling. « Les gens veulent comprendre, dit M. Mary, libraire. Ils se demandent si la situation n'a pas des racines historiques, et ce qu'il y avait jadis à cet endroit. Alors ils consultent *Le GLR.* » L'éditeur a lancé une réimpression à 3 000 exemplaires. La médiathèque de Rouvières, elle, n'en possède qu'un exemplaire, actuellement emprunté. Cinquante demandes de réservation sont déposées.

*

Affaire Mayerling. À onze heures hier, un cortège d'environ cent personnes, professions immobilières (M. Chambellan de la Fédération nationale des agents immobiliers, les responsables de nombreuses agences locales), associations de quartier, groupes de défense de l'environnement ou du logement, ainsi que divers badauds, s'est présenté à la grille du Mayerling.

« Nous sommes là pour exprimer pacifiquement notre opposition à cette destruction, a commenté M. Delouis, agent immobilier à Rouvières. C'est une insulte à tous les constructeurs, promoteurs, commerciaux du bâtiment. Cette plaie dans le quartier, l'un des plus dynamiques et prisés de notre ville, est tout bonnement honteuse. » La douzaine de policiers stationnés devant l'immeuble a empêché les protestataires de forcer les grilles et ordonné leur dispersion. « C'est le monde à l'envers, s'est ému M. Delouis. »

*

Mayerling. M. Conchon, député (PS), a adressé une question écrite à la ministre du Logement. La ministre a répondu qu'elle suivait l'affaire avec toute l'attention nécessaire.

*

Mayerling. L'un des copropriétaires aurait séjourné en hôpital psychiatrique.

*

Tribune. Le Mayerling, symbole du déclin français ?

*

Tribune. Affaire Mayerling : le nihilisme moderne.

*

Mayerling. Opération de spéculation frauduleuse ? M. Capet, du cabinet DKC, s'interroge.

Le Mayerling devint un sujet d'actualité nationale. La deuxième chaîne de télévision diffusa un reportage, les chaînes d'information continue y consacrèrent plusieurs émissions. Elles envoyaient de jeunes journalistes fraîchement sortis de l'école, pour qu'ils rôdent dans le quartier avec un caméraman et extorquent des témoignages aux passants. « C'était très pénible, se souvient M. Hubert. Impossible de faire un pas dehors sans être agressé par une nuée de reporters. Vous pensiez être quitte en leur répondant une fois, mais non : ils revenaient à la charge le lendemain, avec les mêmes questions. »

Experts et personnalités s'emparèrent de l'affaire. Les réseaux sociaux étaient envahis de messages. Voici la liste des principaux points de vue.

Point de vue médical. Les copropriétaires du Mayerling sont fous. « Aucun individu sain d'esprit ne se lance dans un tel projet », déclara par exemple le Dr Polly, neurologue. « Quand on possède un appartement, on le décore, on l'entretient, on le rénove, on le valorise. Ce qui m'étonne, c'est le caractère collectif et durable de cette crise de démence. »

Point de vue psychosociologique. Les copropriétaires sont sous emprise sectaire. « D'après moi, il y a un leader, écrivit M. Delapointe, sociologue. Ce gourou a nettoyé le cerveau des résidents et les a poussés dans cette entreprise hallucinante. »

Point de vue marxiste. Les copropriétaires attaquent

le système capitaliste en commençant par le secteur de la promotion immobilière. Ils dénoncent la spéculation sur le logement et l'enrichissement des constructeurs au détriment du prolétariat.

Point de vue esthétique. Les copropriétaires protestent contre la laideur et la pollution visuelle par les grands immeubles. « Les architectes et les promoteurs sont les vrais responsables de cette crise. »

Point de vue artistique. Le sculpteur et vidéaste Geoffrey Volkoff, célèbre pour ses installations monumentales, suggéra de voir la destruction du Mayerling comme une œuvre d'art. « Ce n'est ni plus ni moins qu'une performance. Les copropriétaires sont des artistes. Leur action n'a pas d'autre signification. Ils détruisent pour détruire, comme on peint pour peindre. Et leur œuvre, je n'hésite pas à le dire, est la plus saisissante, la plus grandiose, la plus belle de la décennie. Du siècle, même. J'admire ces gens. Je réclame qu'on les décore. »

Merchandising

Le même Volkoff, pour rendre hommage aux copropriétaires, moula des maquettes en plâtre du Mayerling à l'échelle 1/10e, livrées dans une boîte en bois précieux avec un petit marteau en bronze, et vendues 1 199 € pièce. Les acquéreurs étaient invités à briser la maquette au moyen du marteau, « imitant en petit le geste des copropriétaires », pour « participer en communion à leur action ». Il fit aussi imprimer des tee-shirts avec l'inscription : « Déconstruisez tout », vendus sur son site web et dans un stand mobile installé près du Mayerling.

Il encouragea par ailleurs – sans en être à l'origine, précisa-t-il – l'action d'un groupuscule d'artistes stéphanois dont les membres, circulant partout en France, placardaient sur les nouveaux immeubles tout juste sortis de terre d'immenses affiches comportant ce message :

JE SUIS LE MAYERLING

Contamination

Dans plusieurs villes d'Europe eurent lieu des démolitions comparables. Du jour au lendemain, des gens se mettaient à tout casser chez eux. À Berne, les résidents d'un immeuble du quartier Marzili ravagèrent les deux premiers étages avant d'être interrompus par la police. À Madrid, les habitants d'une résidence démolirent leur toit-terrasse au marteau-piqueur, comme à Rouvières. Une douzaine de cas similaires furent recensés. Il n'était pas certain cependant que ces destructeurs se fussent inspirés chaque fois du Mayerling ; parfois, ils n'en avaient même pas entendu parler. Partout, en somme, on s'attaquait à l'habitat. La presse s'affolait : une guerre contre l'immobilier commençait, des escarmouches éclataient partout, non coordonnées.

Aparté de Braque

« Je rêve d'une subversion généralisée, d'une révolution universelle contre le béton. »

Un poseur de bombes sommeille en Braque, sous son allure inoffensive et ses bonnes manières. Braque est un poète ; comme tel, sensible à la laideur du monde, et à la beauté des destructions.

Conversation avec Braque

Grand consommateur de télévision, Braque est un spectateur fidèle de l'émission « Maisons modernes », diffusée chaque semaine sur une chaîne du service public. Animée par un olibrius maniéré à l'accent chantant, elle diffuse des reportages sur les dernières tendances en matière de décoration, de mobilier, de design et d'architecture. On y voit principalement des appartements et maisons gigantesques, rénovés à coups de millions par leurs propriétaires fortunés.

L'existence de « Maisons modernes » sur une chaîne du service public m'a toujours choqué, rien de ce qu'on n'y montre n'étant accessible financièrement au public – je veux dire, au commun des mortels. Un jour, je demanderai des comptes aux dirigeants de la chaîne.

Braque, lui, trouve l'émission fascinante. Il se demande chaque fois si les gens à l'écran sont réels ou si ce sont des acteurs qui récitent un texte – un texte écrit dans un jargon prétentieux, à base de mots comme « volumes », « lumière », « espaces » et « graphisme ». Surtout, Braque est sidéré de voir combien les concepteurs de l'émission et ses invités sont fanatiques du béton. Le béton pour eux n'est pas un matériau, c'est une religion.

– Chez eux, tout est en béton. Les sols, en béton. Les murs, en béton. Les meubles, en béton. C'est hideux, mais ils en raffolent.

– Des meubles en béton, n'est-ce pas un peu lourd ?

– Assurément. Pour déplacer la table de la cuisine, il faut un chariot élévateur. Mais qu'importe. Leur culte du béton est plus fort.

Braque me montre des extraits de l'émission sur son ordinateur. Tous les architectes interviewés ne jurent que par le béton, bons héritiers des modernistes du siècle passé qui construisirent en béton des villes entières.

– Au moins les modernistes ne coulaient-ils de béton qu'à l'extérieur, remarque Braque. Les nouveaux apôtres, eux, introduisent le béton *dans* les maisons. Ils en veulent partout. Pour un peu, ils en mangeraient.

– Dans leur testament, dis-je, ils demanderont sûrement d'être inhumés dans une tombe en béton.

– Même, renchérit Braque, ils voudront qu'on plonge leur dépouille dans du béton, afin d'être au contact de leur matériau favori dans l'éternité.

On rit, mais ce n'est pas drôle. La civilisation du béton fait des dégâts irrémédiables. La seule manière aujourd'hui de ne pas voir du béton, c'est d'entrer dans un immeuble en béton ; mais si le béton y entre à son tour, il n'y a plus d'échappatoire.

RELÂCHE

Les sociétaires avaient la sagesse de se ménager des pauses, et de quitter parfois la tranchée pour se ressourcer à l'arrière. Ils se reposaient par roulement, afin qu'il y ait toujours des combattants au front et que l'immeuble ne connaisse aucun répit. Ils songèrent aussi qu'il serait bénéfique à leur communauté de se détendre ensemble à l'occasion, à la façon des équipes de foot qui, avant les matchs importants, se retirent en groupe à la campagne, pour favoriser la cohésion du groupe.

M. Cormenin fut donc chargé d'imaginer une sortie.

– Emmenez-nous où vous voudrez, dit Mme Ximenez, mais par pitié, que l'endroit soit dépourvu d'immeubles.

– Oui, confirma Mme Thuillier. Nous pourrions retrouver nos réflexes et tout casser.

M. Cormenin sourit, et promit de trouver une destination appropriée. Prenant les choses en main avec sa diligence habituelle, il loua trois minibus pour transporter toute la troupe. « J'avais pensé d'abord à un autocar de tourisme, avec une cinquantaine de places assises, mais il faut un permis de conduire spécial, donc un chauffeur. Outre la dépense, j'ai pensé que nous préférerions rester entre nous. »

M. Durandat, M. Lequennec et lui, désignés comme conducteurs, prirent possession des véhicules chez le loueur à quatre heures de l'après-midi ; à cinq heures, tout le monde était prêt pour le départ.

– Où allons-nous ? demanda M. Brides, qui, après avoir hésité à se joindre à l'expédition, s'était finalement inscrit.

– Surprise ! répondit M. Cormenin.

Les minibus quittèrent le boulevard Voltaire où ils étaient stationnés, sortirent de la ville par le sud, et empruntèrent l'autoroute. M. Cormenin conduisait le véhicule de tête ; bien que ses passagers le harcelassent pour qu'il leur révèle leur destination, il ne donna aucun indice. Ce n'est qu'après trois heures de route, quand le convoi quitta l'autoroute pour s'enfoncer dans la campagne, que les sociétaires en lisant les panneaux comprirent où les menait leur chauffeur.

– N'êtes-vous pas originaire du Morvan, Monsieur Cormenin ? demanda Mme Ximenez.

– Vous ne vouliez pas de béton, répondit-il, vous n'en verrez pas !

Tous éclatèrent de rire.

Après une halte à La Celle-en-Morvan pour acheter de la charcuterie et des salaisons, ils dînèrent à Anost dans un bar-restaurant qui proposait une cuisine rustique arrosée de bière et de vin blanc. Un artiste local nommé Johnny Blues entonna quelques chansons, armé de sa guitare. Ayant bu, il était un peu gris ; mais tout le monde fut saisi par sa belle voix éraillée et par la mélancolie délicate de ses chansons.

Ce Johnny Blues était un artiste véritable, virtuose et sensible ; il aurait mérité une carrière nationale mais il préférait tourner dans les salles du Morvan où il était né, et qu'il n'avait jamais quitté.

La caravane repartit vers onze heures du soir ; une demi-heure plus tard, elle atteignit la ferme-auberge du Lavoir, où ils passeraient la nuit. Comme l'auberge ne disposait que de huit chambres, le propriétaire, M. Dufrêne, avait installé douze lits de camp dans les anciennes écuries. Mais certains sociétaires préférèrent passer carrément la nuit à la belle étoile, sous les arbres du jardin.

– C'est sans risque, n'est-ce pas ? s'inquiéta Lequennec.

– Sans risque, répondit M. Dufrêne. Les sangliers ne s'aventurent pas jusqu'ici.

Et c'est ainsi qu'autour de minuit, logés confortablement dans les chambres ou étendus rustiquement sous le ciel morvandiau, les sociétaires s'endormirent, bercés par les hululements des petits ducs et les coassements des grenouilles. Leur nuit fut longue et douce, interrompue seulement vers trois heures du matin par les hurlements de Mme Lequennec qui faisait un cauchemar – elle rêvait qu'un être maléfique formé de parpaings et brandissant une tige de métal rouillée se proposait de lui faire subir les derniers outrages. M. Lequennec la réconforta, tous se rendormirent, et le calme revint sur le Morvan assoupi.

Le lendemain, dimanche, après le petit déjeuner gargantuesque qu'avait préparé l'aubergiste, les sociétaires eurent « quartier libre ».

Les Flandrin, grands randonneurs, chaussèrent leurs godillots et partirent à pied sur les sentiers, emmenant avec eux Mme Ximenez, M. Paul et M. Durandat.

M. Brides suivit M. Cormenin à la pêche sur la Celle, petite rivière qui coulait non loin, merveilleusement poissonneuse.

Valérie et Vincent Lemoine, réconciliés depuis peu, s'étendirent au soleil pour lire et somnoler ; quant à Mme Dubois, catholique pratiquante, elle se rendit au village pour assister à la messe, non sans avoir promis à ses compagnons de prier longuement pour eux et, en bonne chrétienne, pour l'âme damnée de leur persécuteur.

Tout le monde fut de retour à l'auberge à une heure, pour déjeuner. M. Dufrêne avait dressé un buffet dans le jardin, et débouché plusieurs bouteilles de pouilly.

D'une nature curieuse, il s'enquit du lien entre ses invités. Étaient-ils membres de la même famille ? Collègues ? Adhérents d'une association ? Sportifs ? Philatélistes ?

M. Thuillier se tourna vers M. Cormenin.

– Vous ne lui avez pas dit ?

– Non, répondit M. Cormenin. J'ai toujours du mal à expliquer qui nous sommes.

M. Paul lui raconta tout. M. Dufrêne écouta sans rien dire, éberlué ; à la fin, il siffla longuement puis leva les yeux au ciel et remercia la Vierge de l'avoir fait naître loin des villes ; et, désignant sa maison vieille de deux siècles, il murmura : « Elle, au moins, n'est pas hantée. »

Après le déjeuner, les sociétaires purent profiter grâce à M. Cormenin d'une excursion à Châtillon-en-Bierre, aimable village situé à 30 kilomètres où les attendait M. Frelouque (« C'est son vrai nom ? demanda Mme Ximenez. – Mais oui. »), le propriétaire du château, une majestueuse bâtisse édifiée sur une boucle du canal de la Bierre. M. Cormenin, qui adorait les demeures historiques, avait pensé qu'un peu de tourisme culturel enchanterait ses amis, sans songer que tous peut-être n'étaient pas amateurs ; mais ils firent bonne figure et s'intéressèrent à la visite. M. Frelouque était d'ailleurs un guide passionnant, et la promenade dans les trente-huit pièces du château fut une réussite.

Au terme de la visite, les sociétaires eurent droit à un rafraîchissement servi dans les jardins, non loin des sculptures installées là par un ami de M. Frelouque, artiste de son état.

Hélas, l'heure avançait ; il fallut bientôt songer au retour. M. Cormenin cependant avait prévu une dernière halte : une cave à vins.

« Ça nous permettra d'acheter des bouteilles pour offrir aux Kosovars », dit Mme Lemoine – car ces derniers surveillaient le chantier en leur absence.

Cette halte-dégustation eut lieu dans une boutique de Château-Quercy et dura jusqu'à huit heures du soir. Les sociétaires achetèrent en tout vingt-cinq cartons de bouteilles qu'on chargea au fond des minibus avant de reprendre la route.

SUR LA ROUTE

La nuit tombait ; l'ambiance tout à coup se fit plus sérieuse – plus grave, même. Les conversations échevelées, les plaisanteries cessèrent ; chacun pensait déjà au travail du lendemain, au combat qui reprendrait. Tous ressentirent à nouveau la vieille boule au ventre qui les tenaillait chaque fois que, s'étant éloignés du Mayerling, ils y revenaient.

– Mon Dieu, murmura Mme Lequennec quand elle vit les premiers panneaux indicateurs pour Rouvières. Je suis tout angoissée.

Elle ne s'adressait à personne en particulier ; elle n'avait pu s'empêcher d'exprimer ce qu'elle avait sur le cœur.

– Pareil pour moi, répondit M. Paul.

Le silence retomba. Il ne fut brisé qu'à 20 kilomètres de Rouvières, quand M. Cormenin reçut un appel sur son téléphone portable. Bien qu'il fût un conducteur prudent, il décrocha. La conversation dura moins d'une minute.

– Quelque chose ne va pas ? demanda M. Lequennec.

– C’était M. Samovar. Il est avec les Kosovars. Ils disent que l’immeuble chauffe.

– Pardon ?

– Il chauffe. M. Samovar l’a constaté lui-même. Certains murs sont brûlants.

RETOUR SUR PLACE

Arrivés à Rouvières à dix heures et demie, les sociétaires se précipitèrent pour vérifier le phénomène. C’était vrai : le Mayerling était chaud. Il suffisait de s’approcher : la température augmentait sensiblement à mesure qu’on était plus près des murs. Le crépi était tout tiède, comme au soir d’une journée de canicule. À l’intérieur, c’était pire : M. Cormenin, M. Durandat et M. Lequennec, entrés dans le hall, furent saisis par l’ambiance suffocante. On se serait cru dans un sauna.

– Ça ne peut pas être les radiateurs, dit M. Cormenin, nous les avons démontés.

Ils gravirent les étages (jusqu’au troisième : le quatrième n’était plus accessible, le cinquième n’existait plus) et constatèrent que plus on montait, plus la température baissait ; l’impression d’asphyxie, aussi, s’estompait. Inversement, dans l’escalier menant aux caves, la chaleur devenait intolérable.

– Y aurait-il un incendie au sous-sol ? demanda Mme Ximenez.

– Non, répondit M. Samovar. On verrait monter de la fumée.

Le Mayerling était en train de leur jouer un tour.

– Il serait peut-être sage de mettre une distance entre lui et nous pour cette nuit. Je suggère que nous ne dormions pas sur place, dit M. Cormenin.

– Vous avez raison, approuva M. Durandat. Je vais prévenir les autres.

– Ceux qui dorment actuellement sous tente au jardin ont-ils une solution de repli ? s'inquiéta M. Lequennec.

– Oui, tout est prévu. Nous louons des chambres d'hôtel en permanence, au cas où. Nous en aurons l'usage cette nuit.

M. Cormenin se tourna vers M. Samovar :

– Quelqu'un doit demeurer ici pour le surveiller. Je me porte volontaire.

– Je reste avec vous, dit M. Samovar. Ces murs qui chauffent m'intriguent.

– M'inquiètent, vous voulez dire.

Le cœur du réacteur

La température n'avait pas baissé le lendemain ; même, elle semblait avoir augmenté. M. Samovar et M. Thuillier furent désignés pour descendre dans les sous-sols, et tenter de localiser l'origine du problème. M. Paul demanda s'il était bien nécessaire de prendre ce risque ; après tout, si l'objectif était de tout démolir, peu importaient les causes du réchauffement ; et si ces chaleurs témoignaient que l'immeuble était mal en point, tant mieux. Mais M. Samovar répondit qu'il valait mieux savoir de quoi il retournait, ne serait-ce que pour éviter les mauvaises surprises.

Revêtus de combinaisons de cuir semblables à celles des sapeurs-pompiers (M. Cormenin les avait achetées sans imaginer qu'il aurait si tôt l'occasion de s'en servir), les deux hommes pénétrèrent dans le Mayerling devenu fournaise et empruntèrent l'escalier menant aux caves, tandis qu'à l'extérieur les sociétaires attendaient avec angoisse.

– Mon Dieu, faites qu'il ne leur arrive rien, murmura Mme Lequennec.

Mme Lequennec fut entendue : les deux cosmonautes remontèrent au bout de vingt minutes, en nage mais indemnes. La chaleur, déclarèrent-ils après avoir ôté leur casque, émanait de l'installation bizarre près de la machinerie d'ascenseur, celle qui avait été découverte jadis par M. Cormenin.

– Nous n'avons même pas pu nous en approcher, tant l'air y est brûlant.

– J'aurais dû me douter que cette fichue machine n'était pas là par hasard, maugréa M. Cormenin.

– Quelle est cette machine ? demanda Vincent Lemoine.

M. Cormenin décrivit l'engin, le petit réduit inconnu, la porte fermée à clef.

– Ce n'est peut-être qu'une annexe de l'ascenseur, suggéra Mme Thuillier.

– Non, répondit M. Samovar, les deux installations sont indépendantes.

– Ne croyez-vous pas qu'elle va refroidir spontanément ? intervint M. Brides. C'est peut-être une surchauffe, comme sur les vieux moteurs de voiture.

Les sociétaires se turent, perplexes.

– Et si c'était une bombe, demanda Mme Ximenez, une énorme bombe dont le détonateur viendrait de s'enclencher ? Elle chauffe, elle chauffe, et quand elle sera à température, tout explosera.

– Le Mayerling serait piégé ?

Long silence.

– Il faut y retourner, conclut M. Thuillier, et la désamorcer.

Le mal par le mal

Impossible cependant d'approcher l'installation, on cuirait.

– Il nous faudrait des combinaisons en aluminium, indiqua M. Samovar. Les plus performantes protègent contre la chaleur radiante jusqu'à 700 ou 800 °C. Évidemment, c'est un peu cher.

– Nous ne sommes plus à quelques milliers d'euros près.

Se protéger était cependant une chose, trouver le moyen de détruire la machine en était une autre.

– Vous qui l'avez vue de près, demanda Mme Ximenez à M. Cormenin, de quoi est-elle faite ?

– De métal, je dirais.

– Le métal, ça se découpe, dit M. Samovar.

– Tout dépend de l'épaisseur, objecta M. Thuillier.

– Si les parois sont fines, un massicot ou une pince coupante suffisent. Si elles sont épaisses, il faut utiliser une meuleuse, un laser, ou la découpe à l'eau.

– Ces techniques sont-elles faciles à mettre en œuvre ?

– Nous avons démoli trois étages entiers, nous devrions y arriver, lança M. Lemoine.

– N'allons pas trop vite en besogne, intervint M. Cormenin. Si ça se trouve, ce n'est pas du métal.

Le visage de M. Samovar se ferma.

– Surtout, continua M. Cormenin, il me semble imprudent de nous attaquer à la machine si elle est, euh, activée.

– Que voulez-vous dire ?

– La découper à froid ne m'aurait pas gêné. Mais à présent qu'elle est chaude, j'ai peur que ça soit dangereux. Elle pourrait…

– Exploser ? demanda M. Thuillier.

– Oui. Et raser le quartier. Voire la ville.

– N'exagérons rien, dit M. Lequennec.

M. Cormenin le considéra d'un air de défi.

– Prendriez-vous le risque ?

M. Lequennec fit la moue.

Ah ! Si on avait une pique en fer immense, solide, incassable ! On l'enfoncerait dans la machine comme un pieu dans le cœur d'un vampire. Mais tuer le Mayerling était plus compliqué qu'assassiner Dracula.

– L'idéal, dit M. Paul en souriant, serait de

larguer une bombe atomique. Plus de machine, plus d'immeuble, plus rien.

– Plus de Rouvières, objecta M. Lequennec.

– Dommage collatéral.

– La bombe atomique est hors de nos moyens, soupira M. Thuillier, à moitié sérieux.

C'était frustrant ; on mourait d'envie de se battre, mais la stratégie faisait défaut.

– Et si on l'attaquait par en dessous ? demanda M. Thuillier. On creuse un tunnel, jusqu'à nous trouver à la verticale de la machine. Puis on remonte et on lui crève le ventre par en bas.

– Ça prendrait du temps. Et qui dit que la machine est plus vulnérable par en dessous ?

– Je ne sais pas.

– On pourrait procéder par asphyxie, intervint Mme Lequennec.

M. Thuillier et M. Samovar la considérèrent avec surprise. Mme Lequennec ne prenait ordinairement pas la parole dans les conversations techniques, se jugeant incompétente.

– On n'est pas obligés de démolir la machine pour la neutraliser, expliqua-t-elle. Voyez Tchernobyl. Les ingénieurs soviétiques n'ont pas éteint l'incendie du réacteur. Ils ont construit un sarcophage autour.

– C'est vrai, confirma M. Samovar. Ils l'ont enrobé.

– Étouffé, murmura M. Thuillier.

– Noyé, ajouta Mme Lequennec.

Elle serra le poing et ajouta :

– Injectons du béton. Soignons le mal par le mal.

– Les propos de Mme Lequennec sur Tchernobyl ne sont pas tout à fait exacts, note Braque. Sans entrer dans les détails, les liquidateurs de Tchernobyl ont en fait utilisé la technique du tunnel que suggérait M. Thuillier : ils ont creusé un couloir long de 200 mètres, et sont intervenus sous la dalle en béton du réacteur en y installant un système de refroidissement à l'azote censé l'empêcher de fondre.

– Ils ont réussi ?

– Non. La chaleur rendait la tâche impossible, les ouvriers grillaient à cause des radiations. Finalement, on a préféré injecter du béton dans la cavité sous le réacteur.

– Un sarcophage, comme le propose Mme Lequennec.

– L'injection n'a servi qu'à empêcher l'écroulement du réacteur. Ce n'est qu'ensuite qu'on a bâti par-dessus une coquille de béton et d'acier, pour confiner les matériaux radioactifs.

– La comparaison de Mme Lequennec avec Tchernobyl reste valable, dis-je.

Braque hausse les épaules, puis poursuit :

– De toute façon, le premier sarcophage n'a pas suffi. On en a construit un deuxième autour.

Il soupire.

– Peut-être le deuxième ne suffira-t-il d'ailleurs pas. On l'enfermera à son tour dans un troisième sarcophage, etc.

– Nous n'en sommes pas là. Ce sera l'affaire des générations futures.

– Certes.

– Revenons au Mayerling. Un événement important a lieu à cette époque.

– Quoi donc ?

– L'architecte.

– On l'a retrouvé ?

Des nouvelles de l'architecte

Après de longues investigations, M. Camuzet avait retrouvé le fameux Morette, l'auteur des plans. On se souvient qu'à la suite de son séjour en Espagne, M. Camuzet, tenant une piste, était parti en Belgique. Il apparut en fait que Morette n'était pas en Belgique mais au Luxembourg, et que son nom n'était pas Morette, mais Moreau. M. Camuzet ignorait pourquoi ses sources espagnoles l'avaient appelé Morette ; un surnom, peut-être. Toujours est-il qu'après une enquête difficile et captivante, qui mériterait un deuxième roman, M. Camuzet l'avait logé non loin de Flatzbour, près de la frontière.

– Bravo, Camuzet ! dit Braque.

– Bravo. Cependant...

– Oui ?

– C'était trop tard. Morette était mort. Moreau, je veux dire.

Braque fronça les sourcils, déçu.

– De quoi est-il mort ?

– On n'en sait rien. M. Camuzet a interrogé la police, qui n'a pas souhaité commenter. Apparemment, son corps sans vie a été retrouvé chez lui, dans sa cuisine, par un ami espagnol venu lui rendre visite.

– Un type de CFR ?

– Pas qu'on sache.

Braque soupire.

– Suicide ?

– Possible.

– Certain, je dirais. Il a fui ses responsabilités. Sachant les sociétaires à ses trousses, et devinant que leur vengeance serait terrible, il a préféré se supprimer. Ou alors, c'est le remords : ne supportant pas l'idée d'avoir créé un monstre, il en a tiré les conclusions.

Braque plisse les yeux.

– J'imagine qu'il a construit d'autres immeubles ?

– Oui. Les sociétaires ont tenté d'en dresser une liste : une vingtaine de bâtiments. Mais aucun, à leur connaissance, n'a causé à ses habitants les mêmes souffrances que le Mayerling aux siens. Ce sont des immeubles normaux, si je puis dire.

– Normaux pour le moment, réplique Braque. Peut-être ne sont-ils pas encore activés.

Braque se caresse le menton.

– Moreau a inventé une arme de malheur absolu et, conscient des dégâts qu'elle provoque, il s'est tué pour n'être pas tenté de dessiner d'autres immeubles.

Nous méditons sur son sacrifice en nous demandant quel souvenir il conviendra de garder de lui – ennemi public de sinistre mémoire ou homme de bien dévoré par la culpabilité.

Quant aux sociétaires, horriblement frustrés de n'avoir pu le capturer vivant, ils se promirent de profaner prochainement sa tombe, en déversant sur elle des tombereaux de gravats et d'ordures prélevés sur le chantier du Mayerling.

L'AVENIR

Timidement, secrètement, les sociétaires commençaient aussi de songer à l'après-guerre, quand l'immeuble serait vaincu – horizon jusqu'alors abstrait pour eux, obnubilés qu'ils étaient par les nécessités immédiates du combat.

Que feraient-ils, quand tout serait fini ? La plupart s'étaient mis en congé de leur métier, pour se consacrer à la lutte à plein temps ; reprendraient-ils leur emploi ? Vincent Lemoine, par exemple, avait d'ores et déjà prévenu que non ; il comptait quitter Rouvières, incapable de rester dans cette ville remplie pour lui de mauvais souvenirs. Même, Valérie et lui envisageaient de s'installer à l'étranger, pour couper tous les ponts. « Mais avant tout, précisa-t-il, nous voulons avoir vu le Mayerling à terre. »

D'autres, sans forcément quitter Rouvières, juraient qu'ils n'habiteraient plus jamais dans un immeuble collectif.

« Notre peur de l'habitat collectif est irrationnelle,

disait Mme Thuillier, rien n'indiquant qu'une maison individuelle ne peut pas, elle aussi, vouloir du mal à ses occupants. Mais c'est ainsi : rien au monde ne me fera vivre de nouveau dans un appartement. Je préférerais dormir sous un pont. »

Certains comme Mme Ximenez n'imaginaient plus non seulement de vivre en appartement, mais même de pénétrer dans une résidence. Le simple fait de longer un immeuble lui faisait froid dans le dos.

« Après la victoire, disait-elle, je partirai à la campagne, en bordure d'une forêt, dans une bicoque isolée où il n'y aura ni bruit, ni béton, ni voisins. »

Évidemment, leurs projets étaient conditionnés par l'état de leurs finances. Les sociétaires avaient dépensé sans compter depuis le début de la guerre, abondant le pot commun pour l'achat du matériel et les dépenses quotidiennes. Les appartements pour lesquels ils s'étaient endettés étaient à présent détruits. Les plus riches, comme les Chautemps ou les Flandrin, avaient du patrimoine par ailleurs ; quoique appauvris, ils encaisseraient le choc. Mais d'autres, comme les Lemoine, n'avaient plus un sou vaillant, et allaient au-devant de jours difficiles. Une convention tacite entre sociétaires laissait à penser que les plus riches aideraient les plus pauvres, pour perpétuer l'esprit de concorde et de solidarité qui les animait aujourd'hui ; c'était cependant un sujet délicat, dont ils évitaient de parler ouvertement – les plus riches pour ne pas se lier les mains, les plus pauvres pour ne pas donner l'impression de réclamer déjà un dû.

Quelques-uns avaient une idée précise de leur vie future, leur vie post-Mayerling.

Mme Lequennec forcerait son mari à quitter Rouvières et reprendrait avec lui un petit hôtel sur la côte bretonne, leur région natale. Elle avait repéré un établissement face à la mer, entouré d'un jardin, avec un accès direct à la plage. Lui s'occuperait de l'hébergement, elle, de la cuisine ; elle utiliserait des produits locaux, issus de l'agriculture biologique.

M. Paul prévoyait de se reconvertir dans la lutte contre le bruit, ce fléau. Il créerait une agence spécialisée dans la lutte anti-bruit et monterait un lobby pour faire pression sur les parlementaires afin qu'ils renforcent les normes et durcissent les sanctions.

M. Lefebvre ferait un voyage autour du monde. En chemin, disait-il en riant, il ferait exploser un immeuble ou deux dans chaque pays, pour garder la main. Aussi, pensant déjà à la mort, il se mettrait en quête d'un lieu pour sa sépulture : il voulait un cimetière isolé, aussi loin que possible de toute construction. (« J'ai ce qu'il vous faut, dit Mme Lequennec. Il y a chez nous, en Bretagne, un petit cimetière sur une butte, non loin de l'océan. La première maison est à des centaines de mètres, le premier bout de béton à des kilomètres. – J'achète une concession tout de suite. »)

M. Thuillier, lui, n'avait pas de projet. « Simplement, je voudrais vieillir tranquille avec ma femme. Je ne trouve pas que ce soit trop demander. »

La température dans l'immeuble avait encore augmenté ; il fallait agir sans délai. La solution consistant à créer une sorte de sarcophage en béton autour de la machine du sous-sol paraissait la meilleure à tout le monde, bien qu'elle fût antinaturelle au possible.

– Vous comprenez, dira M. Durandat, nous étions habitués à détruire le béton. Alors, en couler nous-même, c'était un peu choquant. Comme un blasphème.

M. Samovar actionna son réseau, en quête de bétonnières. En quelques heures, il en dégota quatre, de petit format, avec des cuves de 120 à 200 litres, qui seraient livrées l'après-midi ou le lendemain. C'était toutefois insuffisant – il fallait engloutir la pièce entière où se trouvait la machine, sachant du reste qu'on ignorait ses dimensions.

– Si ça se trouve, dit M. Samovar, cette pièce est plus profonde que nous ne l'imaginons. Il n'y a hélas aucun moyen de le savoir, vu que nous n'avons pas les plans.

– Faisons comme la Nasa, proposa Valérie Lemoine : construisons un robot sur roulettes, équipé d'une caméra, et téléguidons-le jusqu'à la cave.

– Il fondrait sous l'effet de la chaleur, répliqua Vincent.

– La Nasa en a expédié sur Mars, qui n'ont pas fondu.

– Sur Mars, il fait 60 degrés sous zéro. Et puis, nous n'avons pas le temps de construire un robot.

– C'est juste, approuva M. Samovar.

Il se gratta le menton.

– L'idéal serait une centrale à béton, comme sur les gros chantiers. Une bonne centrale, avec une tour de malaxage, fabrique 90 à 100 m^3 à l'heure.

– Est-ce dans nos moyens ? demanda M. Lequennec.

– Je crains que non. Surtout, les délais pour en avoir une seraient trop longs.

Il serra les poings.

– Il faut faire avec les moyens du bord.

Il se tourna vers M. Cormenin.

– Écumons les magasins de bricolage, les sociétés de location, mettons la main sur toutes les bétonnières de la région.

– Combien en faut-il ? demanda Mme Thuillier.

– Le plus possible. Plus nous produirons de béton, plus vite nous fossiliserons la machine. Nous avons besoin aussi de pompes pour transporter le béton du jardin, où il sera fabriqué, jusqu'au sous-sol.

Et, baissant la voix :

– Quelqu'un devra se dévouer pour conduire l'embout des tuyaux le plus près possible de la machine.

Silence.

– J'irai, dit M. Cormenin, les yeux pleins de bravoure.

Quelques heures plus tard, une douzaine de bétonnières tournaient à plein régime dans les jardins, produisant un raffut d'enfer qui excitait la curiosité du public massé dans la rue.

– Ne croyez-vous pas, demanda M. Thuillier, que pour une fois nous pourrions laisser entrer tous ces gens, afin qu'ils assistent à la manœuvre ?

– Surtout pas, répondit M. Lequennec. Nous nous lançons dans une opération délicate, dont nous ignorons les risques. Le public serait une gêne.

Secondés par les Kosovars habiles en maçonnerie, les sociétaires pelletaient le gravier et portaient les sacs de ciment à mains nues. Pour accélérer la production, M. Samovar avait commandé en urgence deux camions de béton à la centrale de Sainte-Maxime, près de Rouvières.

Il avait aussi, Dieu sait comment, mis la main sur un boyau de transport flexible d'environ 60 mètres.

– En passant par le hall, puis en descendant l'escalier vers les caves, on atteindra facilement la cible.

Murmures d'assentiment.

– Qui va convoyer le tuyau ? demanda M. Thuillier.

– M. Cormenin est volontaire. Mais il faut un auxiliaire.

– Moi, déclara M. Lequennec – sans avoir conscience de ce dans quoi il s'engageait.

M. Samovar considéra M. Lequennec avec admiration.

– Il n'y a pas une minute à perdre, dit-il.

MM. Cormenin et Lequennec revêtirent des combinaisons ignifugées en aluminium, semblables à celles des volcanologues. Ils coiffèrent ensuite un heaume revêtu de tissu aluminisé dont la visière, couverte d'une pellicule d'or, protégerait leurs yeux contre la lumière, au cas où la machine rayonnerait.

– Prenez des lampes torches, conseilla M. Samovar. Ce serait idiot de vous casser la figure dans les escaliers parce qu'il fait sombre.

Les sociétaires faisaient cercle autour des héros, observant les préparatifs avec attention. Même les Kosovars, qui d'ordinaire restaient à l'écart et ne se souciaient pas de la santé des sociétaires, semblaient cette fois trembler pour eux.

– Je vous en supplie, dit Mme Lequennec, soyez prudents.

– Si ça chauffe trop, remontez, conseilla M. Thuillier.

– Avec nos combinaisons, tout devrait bien se passer, dit M. Cormenin, la voix déformée par le heaume.

– Bien, dit M. Samovar. Récapitulons. Vous conduisez le tuyau au sous-sol et vous déposez l'embout le plus près possible de la machine. Le local est protégé par une porte qu'il faudra peut-être défoncer.

M. Cormenin et M. Lequennec portèrent la main à leur ceinture où était accrochée une hache toute neuve.

– Je déclencherai mon chronomètre quand vous aurez pénétré dans le hall, continua M. Samovar. Au bout de dix minutes, si vous n'avez pas reparu…

Un sanglot l'interrompit : Mme Lequennec, folle d'inquiétude pour son mari, ne se tenait plus.

– Si vous n'avez pas reparu, reprit M. Samovar, nous appellerons les secours.

Pour la première fois, les sociétaires, qui jusqu'alors avaient mis un point d'honneur à se débrouiller seuls, envisageaient d'en appeler au monde extérieur.

– Vous êtes prêts ?

Ils hochèrent la tête. Concentrés sur l'événement, les sociétaires n'entendaient pas les bruits de ville autour d'eux, le rugissement des voitures sur le boulevard, l'accélération poussive des bus, la rumeur des Rouviérois ignorants de la partie décisive qui se jouait ici.

Prenant le tuyau sur l'épaule, MM. Cormenin et Lequennec se mirent en marche. Ils avançaient péniblement, encombrés par leur tenue malcommode. Déjà, ils suffoquaient. Que serait-ce, en bas ?

Ils atteignirent la porte, se tournèrent une dernière fois vers l'assemblée, firent un signe et entrèrent.

Une minute s'écoula.

Un craquement déchira l'air.

UNE DU *QUOTIDIEN DE ROUVIÈRES*, LE LENDEMAIN

EFFONDREMENT DU MAYERLING :
DEUX MORTS

Comme Braque et moi aurions voulu voir ça ! L'incroyable, c'est qu'il n'existe pas d'image de cette catastrophe. « Il est hallucinant qu'aucun des badauds massés autour de l'immeuble n'ait eu le réflexe de dégainer son *smartphone* pour filmer », fulmine Braque. (Refusant d'y croire, il a passé des annonces et promis une récompense à quiconque apporterait un enregistrement visuel ou sonore, en vain. Il ne désespère pas d'exhumer un jour un film amateur.)

Braque et moi avons souvent parlé de ce dénouement spectaculaire et de ses causes.

– L'immeuble s'est-il écroulé selon vous à cause des dégâts commis par les habitants ?

– Non, répond Braque. Il était trop solide.

– Quand même, la structure était ébranlée…

– M. Samovar était un spécialiste. Tout a été fait dans les règles de l'art. Rien ne permettait de penser qu'un effondrement était possible. Et puis…

Braque plisse les yeux.

– Je ne peux pas croire que le Mayerling se soit effondré *par hasard* au moment où Lequennec et Cormenin étaient à l'intérieur. Pas la veille ni cinq minutes plus tôt, non : à l'instant précis où il y avait quelqu'un à tuer.

– Vous voulez dire…

– C'était un attentat-suicide. Le Mayerling, ayant compris que la partie était perdue, s'est fait hara-kiri, en prenant soin de causer le plus de dégâts possible au camp adverse.

– Pourquoi alors n'avoir pas attendu que tous les sociétaires soient à l'intérieur, afin de les massacrer en bloc ?

– Calcul de probabilités. Les chances qu'ils entrent tous en même temps étant quasi nulles, il a préféré tuer les deux qu'il avait sous la main.

Braque et moi observons un instant de silence.

– Vous vous rendez compte, dis-je, comme nous anthropomorphisons ce bâtiment ? Nous parlons de lui comme d'un être vivant.

Braque hausse les épaules.

– Ce n'était pas le cas, peut-être ?

Vision

J'imagine, au soir de cette journée dramatique, une procession dans les poussières – pas en hommage à Lequennec et Cormenin, non : en hommage au Mayerling. En tête du cortège, une délégation d'architectes, venus déposer une gerbe au pied du mur d'enceinte. Certains apportent, en guise d'offrande, les plans des pires immeubles qu'ils ont dessinés, les plus laids, les plus invasifs et mal conçus. Ces plans, reliés par un professionnel, sont réunis sous une belle couverture de cuir mauve frappée d'un « M », comme Mayerling.

Après les architectes viennent les promoteurs immobiliers, qui versent une larme à leur tour. Ils ne disent rien, mais il est entendu qu'ils vengeront le défunt, en construisant partout des immeubles semblables.

Ensuite s'avancent une cohorte d'agents immobiliers ; des fabricants de béton et des vendeurs de parpaings ; des poseurs de fenêtres en PVC ; des syndics, des marchands de biens ; des fabricants de bouchons d'oreilles ; plusieurs pharmaciens.

Enfin, une fois ces délégations reparties, on verra défiler discrètement, au plus secret de la nuit, des blocs de béton, des rambardes, des volets roulants, une théorie d'objets venus de tous les quartiers de Rouvières, envoyés par les immeubles alentour pour honorer leur ami et maître. À eux, maintenant, de gonfler leurs forces et, chacun de son côté, de persécuter leurs habitants pour que la guerre contre l'homme, commencée par le Mayerling, se poursuive et dégénère, à Rouvières et dans le monde.

Le lendemain, on découvrira, fixée au mur d'enceinte, cette plaque en marbre de cinquante centimètres sur trente : « Ici a vécu l'immeuble Mayerling, assassiné par des ennemis du béton. 20**-20**. »

Funérailles

Cinq heures furent nécessaires aux secours pour dégager des gravats les corps sans vie de Lequennec et Cormenin. Par précaution, les immeubles voisins furent évacués temporairement, les vibrations liées à l'effondrement du Mayerling pouvant avoir fragilisé leurs fondations. « On veut éviter l'effet "domino", expliqua M. Sanchez, ingénieur de la ville. Les habitants regagneront leur domicile quand nous aurons tout inspecté. »

Les sociétaires furent entendus par la police, sous la houlette du commissaire Montorgue. Ils se défendirent de toute responsabilité dans la mort de Lequennec et Cormenin, assurant que le seul coupable était l'immeuble lui-même. Les agents éberlués les crurent fous mais le commissaire, qui avait suivi les événements depuis le début, ne put s'empêcher de prêter foi à cette théorie saugrenue.

Une enquête fut ouverte pour homicide involontaire avec violation manifestement délibérée d'une obligation particulière de prudence et de sécurité imposée par la loi, mise en danger de la vie d'autrui, détention et transport de substances destinées à entrer dans la composition de produits ou engins incendiaires ou explosifs, et menace de commettre une destruction, une dégradation ou une détérioration dangereuses pour les personnes. (L'infraction de destruction d'un bien appartenant à autrui par l'effet d'une substance explosive, d'un incendie ou de tout autre moyen de nature à créer un danger pour les personnes fut écartée, les prévenus étant propriétaires de ce qu'ils avaient détruit.) M. Samovar, vu son rôle dans la conduite des opérations, fut placé en garde à vue, mais relâché au bout de quelques heures.

Les autorités, en vérité, n'étaient pas à l'aise avec cette affaire. Outre les doutes du commissaire, selon qui les copropriétaires « n'avaient rien à se reprocher », la municipalité était ennuyée car elle avait plus ou moins laissé faire ; le maire et le préfet n'étaient-ils pas fautifs, s'étant abstenus d'employer leurs pouvoirs de police pour stopper la déconstruction, et prévenir l'effondrement ? Chacun, en vérité, espérait en secret qu'on tournerait vite la page, et qu'on ne parlerait plus jamais de ce fichu bâtiment.

Le surlendemain du drame, les corps des victimes furent rendus aux familles.

Cormenin fut enterré en toute intimité dans le caveau familial de Champ-Mailly, le village haut-marnais où il était né. Les proches ayant souhaité une cérémonie discrète, les sociétaires s'abstinrent d'y assister et envoyèrent simplement une couronne avec cette inscription : « À notre compagnon de lutte. »

Quant à Lequennec, il fut inhumé en Bretagne, selon sa volonté ; Mme Lequennec invita les sociétaires aux obsèques, et M. Durandat loua un bus pour les transporter tous en Bretagne – tâche logistique dont se chargeait d'habitude Cormenin, qu'il fut bizarre et pénible à M. Durandat de remplacer.

La messe eut lieu dans la petite église de Grantec, non loin de Roscoff. La dépouille mortelle fut ensuite conduite au cimetière du village, celui-là même dont Mme Lequennec avait fait l'éloge à M. Lefebvre : sur une butte, face à la mer, loin de toute habitation.

« Un paysage intact, dit-elle. Jean y sera bien. »

Après l'émouvante cérémonie, les sociétaires et la famille Lequennec se restaurèrent dans une crêperie

– on pourrait écrire « la famille Lequennec » tout court car, comme dira Mme Lequennec d'une voix nouée, les sociétaires, désormais, faisaient un peu partie de sa famille.

Comme souvent après un enterrement, l'atmosphère fut gaie ; on pleurait le disparu, mais on était content d'être réunis pour évoquer sa mémoire ; l'atmosphère joyeuse était un bel hommage des vivants au mort.

À un moment, devant sa crêpe au caramel, Mme Ximenez, comme frappée de stupeur, saisit le bras de son voisin, M. Thuillier, et dit :

– C'est incroyable : je me rends compte que je n'ai pas pensé au Mayerling de toute la journée.

M. Thuillier répondit :

– Moi non plus. Il s'efface doucement de nous. Nous avons bel et bien gagné.

Comme Grantec était loin de Rouvières, les sociétaires, plutôt que de rentrer le jour même, passèrent la nuit sur place ; M. Durandat, conseillé par Mme Lequennec, avait réservé des chambres dans un hôtel tout proche.

Avant de s'y rendre, ils firent un crochet par la plage, immense et déserte. La lumière un peu blanche donnait à la mer une couleur métallique.

Les sociétaires se déchaussèrent et se dispersèrent sur le sable, en silence.

Mme Ximenez, voyant ses amis marcher chacun de son côté, songea que leurs routes allaient à présent se séparer, que chacun retrouverait sa propre vie. La communauté pouvait se dissoudre, son œuvre était accomplie. Mais quand même : on pourrait peut-être, pour qui le voulait bien, se revoir périodiquement. Ici, par exemple, en Bretagne. Chaque année, on fleurirait la tombe de M. Lequennec, on mangerait une crêpe, et on regarderait la mer.

Elle exposa son idée à ses amis, et fut applaudie chaleureusement.

Plus tard

À Rouvières, rien n'a changé. Une partie des débris et gravats a été évacuée ; un cratère s'étend là où jadis s'élevait l'immeuble, paysage lunaire qui désole les voisins penchés à leur fenêtre. Pas une plante n'a repoussé, pas un brin d'herbe, rien ; M. Brides, qui vit toujours à Rouvières et qui parfois vient jeter un œil, en déduit que la terre demeure infertile, et l'endroit hostile à la vie. « Le jour où poussera la première fleur, alors oui, la page sera vraiment tournée. »

Juridiquement, le terrain appartient toujours aux sociétaires, qui ne souhaitent pas s'en débarrasser, malgré les sollicitations de nombreux promoteurs désireux de construire une nouvelle résidence sur le site.

– L'affaire Mayerling ne leur a pas servi de leçon ? s'étonne Braque.

– Non. À la limite, ils y voient un argument de vente supplémentaire : vivez là où des gens ont souffert, habitez le successeur du Mayerling, l'immeuble hanté !

La mairie aussi lorgne le terrain, pour y bâtir un

atelier municipal ; mais les syndicats de fonctionnaires ont d'ores et déjà protesté contre ce projet, au nom de la santé des agents. D'autres suggèrent de raser les ruines pour aménager un jardin public, mais quel parent serait assez fou pour y mener ses enfants ?

Pour l'heure, donc, rien ne bouge. L'ex-Mayerling est un trou dans la ville. Une cicatrice. « Une plaie, dit Braque, d'où partira la réinfection. D'autres immeubles s'écrouleront bientôt sur leurs habitants. Ils contamineront les immeubles voisins, et ainsi de suite : de proche en proche, le quartier entier s'écroulera, puis la ville, le pays, et enfin le monde. »

VISION II

Je vois notre Terre silencieuse, dépeuplée. Plus un homme à sa surface. Peut-être l'espèce survit-elle dans les égouts, comme dans les romans de science-fiction ; peut-être s'est-elle exilée en fusée vers une nouvelle planète ; peut-être est-elle anéantie. Je n'en sais rien, et peu m'importe. Ce qui m'intéresse, ce sont les tours, les buildings, les constructions qui demeurent partout, intactes. L'homme est éteint mais elles sont toujours là, vivantes. Elles ont triomphé de lui et règnent orgueilleusement sur le globe.

Autre image

Phrase non datée, écrite dans mon carnet : « Les immeubles n'ont pas besoin de nous. » Je ne sais plus si c'est de moi, de Braque, ou d'un personnage de cette histoire.

Comment finir

Oui, comment finir ce livre ? Je pense à un roman trouvé dans la bibliothèque immobilière de Braque : *Maison basse* de Marcel Aymé. C'est l'un des plus vieux de sa collection – il a paru en 1935. Aymé y raconte l'histoire sinistre des habitants d'un immeuble moderne et impersonnel du 17e arrondissement de Paris, en ciment armé, haut de sept étages, construit en face d'une petite maison – la maison basse du titre – qui leur sert de point de repère, et leur débouche un peu l'horizon. Suicide, décès, maladie, hostilité réciproque, déshumanisation, c'est peu dire que les habitants vont mal. Ce roman, proche du nôtre au fond, est une satire visionnaire de l'architecture inhabitable, du cadre de vie impossible, dont Aymé surligne l'horreur en l'opposant à la maison basse en construction traditionnelle. La fin est bouleversante : une fillette s'éteint d'angoisse et de froid dans l'escalier, sur le palier du cinquième, enfuie de chez elle à cause d'un drame, et morte faute d'être secourue par un voisin.

« C'est le roman de la ville, commente à l'époque

Ramon Fernandez dans *Marianne*, comme *La Jument verte* était le roman des champs. »

La ville hostile, oppressive, où les immeubles tuent les enfants.

La mer

Un an a passé depuis que j'ai écrit les lignes ci-dessus. J'ai été bien occupé : notamment, je me suis occupé de rapatrier et soigner Braque, tombé malade lors d'un voyage en Amazonie (lui qui d'ordinaire voyage peu, je n'ai toujours pas compris les motifs de ce périple absurde). Il a failli perdre l'usage de ses membres inférieurs mais il est tiré d'affaire à présent – il continue d'utiliser sa canne, parce qu'elle lui donne un genre chic.

À Rouvières, les ruines sont toujours là. Il paraît que, de temps à autre, des fumées s'en échappent – *dixit* M. Hubert, qui les surveille depuis chez lui.

La société a été dissoute « officiellement » lors d'une cérémonie solennelle à *La Commanderie*. Mme Ximenez a déchiré l'original des statuts et en a remis un morceau à chacun, en souvenir.

M. Paul s'est installé au Pays basque, où il a fondé une entreprise de lutte contre le bruit.

Mme Dubois a acheté une maison près de Bordeaux ; les Chopard sont installés en Touraine.

Les Thuillier vivent à la campagne dans la Drôme. Lucien, guéri, est aujourd'hui un collégien modèle.

Mme Thuillier attend un deuxième enfant. Valérie Lemoine, installée près de Lille avec Vincent, a donné naissance à un petit Edmond.

M. Brides, resté à Rouvières, s'est mis en retrait du milieu culturel pour se lancer dans la peinture. Il peint de grandes toiles sombres et violentes, dans un style indéfinissable.

M. Durandat vit en Champagne ; les Chautemps à Châtillon-sur-Seine ; M. Camuzet à Vichy.

Mme Ximenez a ouvert un restaurant dans les Alpes ; Mme Lequennec un hôtel en Bretagne, près de Grantec, comme dans ses rêves.

Les sociétaires dispersés viennent d'organiser leurs premières retrouvailles annuelles, ainsi que l'avait suggéré Mme Ximenez. M. Samovar a été convié, ainsi que Braque et moi, rapport à notre livre.

Arrivés la veille des festivités, nous avons tous dormi dans le petit hôtel de Mme Lequennec, privatisé pour l'occasion. C'était un beau week-end de septembre ; l'air était doux, nous avons pris l'apéritif au jardin, encore fleuri en cette saison.

À midi, nous avons déjeuné dans la crêperie des funérailles de M. Lequennec. Braque était assis entre M. Paul et Mme Ximenez, moi entre Mme Thuillier et M. Brides qui s'est révélé un convive charmant, loin du snob détestable et bien-pensant que j'ai décrit au début de ce livre.

Nous avons bu de nombreux pichets de cidre qui nous ont bien égayés. Le repas n'a pas duré plus d'une heure et demie ; les ex-sociétaires ne sont pas du genre à s'éterniser à table. « Nous autres, anciens habitants du Mayerling, explique M. Durandat, avons du mal à rester enfermés longtemps. Il nous faut sortir, prendre l'air, voir le ciel. Une séquelle, sans doute. »

Nous sommes allés nous promener dans le village, par petits groupes, pour favoriser la digestion. À trois heures était organisée une visite du manoir du G***, jolie bâtisse ancienne, fastueusement meublée, propriété depuis quinze générations d'une même famille de nobliaux bretons ; elle n'est ordinairement pas ouverte au public, mais Mme Lequennec, qui connaît la famille, a obtenu ce privilège, tenant à cette escapade culturelle pour honorer la mémoire de Cormenin qui aimait les vieilles pierres et l'histoire.

À cinq heures, tout le monde s'est retrouvé sur la plage. Mme Lequennec avait prévu pour le goûter des thermos de café et des sablés au beurre.

L'après-midi s'est écoulée doucement. M. Durandat, allongé sur le sable, a rabattu sur son visage la capuche de son manteau et s'est assoupi. Mme Lequennec et Mme Thuillier, pantalon retroussé, ont marché les pieds dans l'eau. M. Thuillier et Lucien ont improvisé une partie de football à laquelle se sont joints MM. Durandat et Brides.

Quant à Mme Lequennec, après s'être occupée du goûter, elle a entrepris de construire un château de sable, ceint d'un mur immense. Elle y a mis beaucoup de cœur, telle une enfant. Ce château a pris des proportions impressionnantes ; les Thuillier père et fils, M. Brides et M. Durandat se sont associés à l'entreprise, qui ajoutant une aile, qui aidant à l'élévation du mur d'enceinte.

Peu à peu, chacun, revenant de promenade ou délaissant ses jeux, a mis la main à la pâte. Braque aussi ; moi-même, j'ai offert ma contribution, modeste, maladroite et sincère.

Nous avons travaillé durant une heure, après quoi nous avons reculé pour faire cercle autour de notre château. Sans être beau, il ne manquait pas d'une certaine allure. On aurait pu le décorer, ajouter des détails, creuser des douves, sculpter des créneaux ; mais déjà la mer en montant léchait le mur d'enceinte qui, d'ici quelques minutes, serait emporté.

Et les ex-sociétaires attendirent ensemble, remplis d'une joie secrète, la vague ravageuse qui, dans un crépitement salé, ferait disparaître leur petit château fragile qui offensait la plage.

pca
cmb
édition pré-presse
livres numériques

44400 Rezé

Imprimé par CPI (Barcelona)
en mars 2019
Dépôt légal : mai 2013

Imprimé en Espagne